Maximilianus Manitius

Beiträge zur Geschichte frühchristlicher Dichter im Mittelalter

Maximilianus Manitius

Beiträge zur Geschichte frühchristlicher Dichter im Mittelalter

ISBN/EAN: 9783743390751

Hergestellt in Europa, USA, Kanada, Australien, Japan

Cover: Foto ©Andreas Hilbeck / pixelio.de

Weitere Bücher finden Sie auf **www.hansebooks.com**

SITZUNGSBERICHTE

DER

KAIS. AKADEMIE DER WISSENSCHAFTEN IN WIEN

PHILOSOPHISCH-HISTORISCHE CLASSE.

BAND CXVII.

XII.

BEITRÄGE ZUR GESCHICHTE

FRÜHCHRISTLICHER DICHTER

IM MITTELALTER.

VON

M. MANITIUS.

WIEN, 1889.

IN COMMISSION BEI F. TEMPSKY
BUCHHÄNDLER DER KAIS. AKADEMIE DER WISSENSCHAFTEN.

Druck von Adolf Holzhausen,
k. k. Hof- und Universitäts-Buchdrucker in Wien.

Für die Geschichte der Ueberlieferung der alten Literatur ist nicht allein die Kenntniss der auf uns gekommenen Handschriften erforderlich. Wichtig für dieselbe sind in zweiter Linie die alten Bibliothekskataloge und ebenfalls die verschiedenartigen Anführungen, die sich in der mittelalterlichen Literatur aus den alten Schriftwerken vorfinden. Denn oft kann man aus der Art dieser Citate einen sicheren Schluss darauf ziehen, ob der Citirende im Besitze einer Handschrift war; manchmal sogar lässt sich noch erkennen, ob diese Handschrift mit einer der unsrigen identisch oder verwandt gewesen ist. An einem anderen Orte werde ich die Anführungen aus der heidnischen Poesie der Römer allmälig geben; hier beschränke ich mich auf einige der früheren christlichen Dichter bis zum 6. Jahrhundert. Und zwar folgen hier das Carmen adversus Marcionem, die Hymni Ambrosiani, das Gedicht der Sibylle bei Augustin civ. Dei XVIII, 23, Prudentius, Prosper, Orientius, Sidonius Apollinaris, Sedulius, Dracontius, Alcimus Avitus, Boetius und Fortunatus. Als Anführungen fasse ich nicht nur wirkliche Citate aus den Schriften, sondern auch die blosse Namennennung des Autors auf, falls aus derselben hervorgeht, dass dem Citirenden ein Werk jenes Autors bekannt gewesen ist. Auch die unzweifelhafte Imitation bei Späteren wird namhaft gemacht werden. Auf Vollständigkeit in der folgenden Zusammenstellung kann ich natürlich keinen Anspruch erheben, da ja dergleichen Arbeiten nur äusserst schwer zu einem wirklichen Abschlusse gelangen. Doch glaube ich wenigstens bezüglich der untersuchten mittelalterlichen Schriften einige Vollständigkeit erreicht zu haben.

I. Venantius Fortunatus.

Fortunatus hat neben den eigentlichen christlichen Epikern in einer ganz hervorragenden Weise die mittelalterliche Dichtkunst bis zum 10. und 11. Jahrhundert beeinflusst. Seine Gedichte waren äusserst beliebt und sind in der genannten Periode seit dem karolingischen Humanismus fleissig gelesen, abgeschrieben und benutzt worden. Die Benutzung bei karolingischen Dichtern habe ich zusammengestellt Mon. Germ. hist. auct. antiq. IV, 2, 137 ff.; vgl. ausserdem die Noten in Poet. lat. aevi Carol. III, 1 ed. Traube. Zahlreich sind die uns überlieferten Handschriften (cf. Leos Ausgabe, p. V ff.), sowie diejenigen, welche in alten Bibliothekskatalogen erwähnt werden; cf. Becker, Catalogi bibliothecarum antiqui, S. 312. Danach findet sich Fortunatus (bis zum Jahre 1200) saec. VIII in York, saec. X in Bobbio (librum F. unum), saec. XI in Chartres, saec. XII in S. Bertin (F. liber metrice); saec. IX in Reichenau (metrum F. lib. VI, item eiusdem de laude lib. I), in St. Gallen (F. metrum), saec. X in Lorsch (metrum F. episcopi de vita S. Martini lib. IV. eiusdem in laudem S. Mariae virginis), saec. XII in Corbie (versus F. und Fortunati de diversis rebus libri XI. de vita S. Martini libri IV; de laude sancte Marie liber unus. Fortunati de diversis rebus versus. Fortunati de diversis rebus. In laudem S. Marie liber unus bis scriptus. De vita S. Martini libri IV. multa alia de diversis), saec. IX in S. Riquier (medietas Fortunati), saec. XI in Toul (martirologium Fortunati versifice factum und F. cum suis epistolis de vita Martini), saec. XII in Anchin (F. I ymnor. et de vita S. Martini). Die Hauptüberlieferung hatte hiernach Corbie, dessen Hauptcodex der heutige Petropolitanus F. XIV, 1 ist (cf. Leos Ausgabe, p. VIII f.). Toul dagegen besass ein Werk des Fortunatus, welches verloren gegangen ist, wenn man nicht unter dem ‚Martirologium' das Gedicht VIII, 3 verstehen will. Ueber handschriftliches Material, welches von Leo nicht benützt worden ist, siehe meine Bemerkungen im Neuen Archiv d. Ges. f. ält. deutsche Geschichtskunde XII, 591 ff. und XIII, 634 f. An beiden Orten gab ich ausserdem einige Stellen aus mittelalterlichen Schriften, wo Fortunatus benützt worden ist.

Die bisher ermittelten Stellen aus Fortunatus im Mittelalter, mit Ausschluss der Benützung bei karolingischen Dichtern, sind folgende:

Die erste Erwähnung findet sich bei seinem Zeitgenossen Gregor von Tours (edd. W. Arndt et B. Krusch) hist.'Franc. V, 8. Ausserdem citirt Gregor gloria martyr. c. 41: Fort. C. IX, 14, 1 f. 11—18. Ueber die geringen Abweichungen cf. Fort. ed. Leo, p. 218 adn.

Columban ad Hunald. vs. 25 (Migne 80, 285) benutzt Carm. IV, 10, 1: ‚Despice quae pereunt fugitivae gaudia vitae.'

In dem alten Epitaphium Gregorii I bei Baeda hist. eccl. II, 1 ist Fortunatus stark benutzt, wie ich Wiener Sitzungsber., Bd. CXII, S. 629 nachgewiesen habe.

Die Schrift de dubiis nominibus führt den Fortunatus dreimal an (Keil G. L. V) 588, 14: Vita Mart. I, 49 (Gallica — pharus); 589, 30: Carm. IX, 7, 3 (salutes); 593, 5: V. Mart. I, 399 ‚vehit sua viscera secum'.

Livini epitaph. Bavonis vs. 33 f. (Migne 87, 345) benutzt Carm. XI, 22, 2, 1 f. 5. Freilich hat Holder-Egger (s. Neues Archiv d. Ges. f. ält. deutsche Geschichtskunde XII, 429) nachgewiesen, dass dies Epitaph eine spätere Fälschung ist.

Eugenius von Toledo hat in seinen Gedichten den Fortunatus viel benutzt, wie ich Wiener Sitzungsber., Bd. CXII, S. 627 f. nachwies.

Auch Aldhelm benutzt den Fortunatus, cf. Wiener Sitzungsberichte, Bd. CXII, S. 582 f. Freilich citirt er direct keinen Vers.

Baeda führt aus Fortunat eine ganze Reihe Verse an, wie Leo in seinen Noten zu Carm. VIII, 3 schon nachwies. Ich gab hierzu Nachträge; Wiener Sitzungsber., Bd. CXII, S. 624; ausserdem hist. eccl. I, 7: C. VIII, 3, 155.

Paulus Diaconus bringt hist. Langobard. II, 13 (ed. Waitz) eine längere Notiz über Fortunat (das Epitaph jetzt auch gedruckt Poet. lat. aevi Carol. I, 56); daselbst löst Paulus Vita Martini IV, 642—655 in Prosa auf, wörtlich noch „quam Virdo et Leccha fluentant" = IV, 642.

Alcuin nennt den Fortunatus als in der Bibliothek von York befindlich, de SS. Euboric. eccl. 1552 (Poet. lat. aevi Carol. I, 204) „Quid Fortunatus vel quid Lactantius edunt." Ausserdem hat er ein Gedicht auf ihn gemacht (Poet. lat. I, 326) Alcuini Carm. XCIX, XVII.

Theodulf erwähnt in dem Gedichte „de libris quos legere solebam" vs. 14 (Theodulfi, C. XLV Poet. lat. I, 543) auch den Fortunat „Et Fortunatus".

Ermoldus Nigellus benützt den Fortunatus sehr stark und nennt ihn auch in hon. Hludow I, 20 (Poet. lat. II, 5) „Seu Fortunatus Prosper et ipse foret".

Hraban bringt einige Citate; comment. in Matth. (Migne 107) 744: Carm. spur. I, 261 f.; de arte grammat. (Migne 111) 620: C. VIII, 3, 264; 623: C. spur. I, 93 f.

In Cruindmeli sive Fulcharii ars metrica findet sich eine Reihe von Citaten aus Fortunatus, die freilich sämmtlich aus Baeda entlehnt zu sein scheinen, wie überhaupt die meisten Citate (Prosper, Iuvencus, Sedulius, Arator, Paulinus) aus dessen ars metrica von Cruindmelus einfach übernommen sind; (ed. Huemer) p. 14, 30: Fort. C. VIII, 3, 7; 23, 14: VIII, 3, 279; 33, 8: VIII, 3, 237 f.; 12: VIII, 3, 99 f; 15: VIII, 3, 127 f; 35, 9: VIII, 3, 25; 39, 22: VIII, 3, 35.

Walahfrid Strabo schickt den Fortunat an einen Priester Probus, Walahfr. C. V, XLV, 15 (Poet. lat. II, 394) „En Fortunati oratus tibi mitto libellos"; cf. ib. adn. 3.

Ratramnus Corbeiensis de nativ. domini (d'Achery spicileg. I, p. 60) bringt ein grösseres Citat „Huic simile Fortunatus, presbyter peregrinus sed coelestis civis, pauper rebus censu fidei dives in laude Virg. Mariae sic fatur": Carm. spur. I, 47—52 (Sed — trahit laude — de rore serenum — introivit nemo — patent).

Ueber Fortunat in den Gesta epp. Virdunensium (Mon. Germ. hist. SS. IV, 36) habe ich gehandelt, Neues Archiv etc., XII, 591 f. Benützung Fortunats in der Ecbasis captivi 548, 711 ff. habe ich daselbst S. 592 nachgewiesen.

Odo von Cluny citirt in seinem Sermo de combust. eccles. S. Martini (Bibliotheca Cluniacensis ed. Marrier, p. 158): V. Mart. I, 49 und IV, 712.

Ueber Benützung Fortunats (C. III, 15) bei Flodoard s. Neues Archiv etc., XIII, 635.

In den Quaest. gramm. cod. Bern. 83 (Hagen, anecd. Helv. 175, 24) wird C. II, 16, 1 f. angeführt.

Im Chronicon S. Petri Vivi (d'Achery spicileg. II, 470) heisst es ‚lege epitaphium hoc quod edidit S. Fortunatus episcopus; coepit autem .. legere sic: Hunc regina locum monachis construxit ab imo Techildis rebus nobilitando suis'. Ein Gedicht mit diesem Anfange fehlt bei Fortunatus. Vielleicht hat man daher in Sens ein vollständigeres Exemplar besessen.

Hugo von Flavigny hat in seiner Chronik (M. G. h. SS. VIII, 335 f.) die in den Gesta epp. Virdunensium enthaltenen Gedichte Fortunats (II, 23 und 23ª) mit aufgenommen. Die Aufschriften beider Gedichte werden gleichfalls von Hugo angeführt (ob aus Fortunatus?) l. l. p. 292, 10.

In den Gesta epp. Mettensium praef. (M. G. h. SS. X, 534) wird C. III, 13, 15 citirt.

Im Glossarium Osberni (Mai class. auct. VIII, 248) wird Vita Martini I, 24 angeführt.

Das Epitaph Rolands in der Chronik Turpins (Reuber, Veterum SS. tom. unus ed. II, p. 117 c. 24), sowie die Klageverse Karls des Grossen um Roland (ib. c. 25, p. 118) sind gänzlich aus Epitaphien des Fortunatus zusammengesetzt; c. 24 = Fort. C. IV, 16, 16 f.; 2, 5 f.; 9, 11 f.; 6, 13. f; 7, 13; 16, 17 f.; 16, 13 f.; 16, 15 f.; 4, 31 f.; c. 25 = Fort. C. IV, 7, 1 f.; 19—22.

In den Political songs ed. Th. Wright, p. 270 vs. 17 ‚Pange lingua gloriosi comitis martyrium' ist C. II, 2, 1 benützt.

Das Chron. S. Clementis Mett. (M. G. SS. XXIII, 493) citirt C. III, 13, 15 aus den Gesta epp. Mettensium.

Johannes de Oxenedes (ed H. Ellis) citirt in seiner Chronik, p. 223 den Vers C. II, 6, 1.

Matthaeus Parisiensis führt in seiner chron. mai. (ed. Luard I, 149) aus Baeda an: C. VIII, 3, 155; derselbe Vers findet sich aus der gleichen Quelle bei Henricus Huntendunensis, hist. Anglorum ed. Arnold, p. 28 (Baeda, hist. eccl. I, 7).

In den Carmina de Victoria eversa II, 1 f. (M. G. SS. XVIII, 792) ist C. II, 2, 1 f. benutzt.

In Rolandini Patavini chron. VIII, 9 (M. G. SS. XIX, 108) ist C. II, 6, 1 f. angeführt.

Merkwürdig ist es, dass Fortunatus in den grossen Aufzählungen von alten Autoren bei Walther von Speier, im Laborintus des Eberhardus Bethuniensis, im Repertorium des Conrad von Mure und im Registrum des Hugo von Trimberg nicht genannt wird. Es dürfte sich daraus ergeben, dass Fortunatus wenigstens in der späteren Zeit nicht in der Schule gelesen worden ist.[1]

II. Orientius.

In seiner Ausgabe des Orientius (Corpus SS. eccles. lat. XVI, 193—196) hat R. Ellis die wenigen Spuren gesammelt, welche sich im Mittelalter von diesem christlichen Dichter finden. Dabei sind ihm freilich einige Hauptstellen entgangen, die ich hier unten gebe.

In den alten Bibliothekskatalogen bis zum Jahre 1200, bei Becker, l. l. wird Orientius oder sein Werk nirgends erwähnt. Schon daraus ergibt sich die Seltenheit desselben. Der erste ans Licht gekommene Cod. Aquicinctinus ist verloren gegangen und so stützt sich die handschriftliche Kenntniss des Orientius heute nur noch auf den Cod. Ashburnhamensis saec. X.

Von Fortunatus wird Orientius zuerst erwähnt: Vita Martini I, 17 (p. 296 ed. Leo) *Paucaque perstrinxit florente*

---

[1] Zu den Zeitschrift für die österreichischen Gymnasien 1886, S. 250—54, 408 f., 411 gegebenen Nachträgen für M. G. auct. antiq. IV, 2, 132 ff. kommen noch hinzu: Fort. C. I, 9, 14: Claud. Stil. III, praef. 10 Inferret . . signa tremenda; III, 6, 52: Prud. Cath. IX, 14 trina rerum machina; III, 9, 39: Paul. Nol. VI, 141 longo . . venerabilis aevo, cf. Stati Theb. XI, 427; 91 f.: Prud. Perist. VIII, 5 Hic. . . liquido fluit . . fonte | Ac veteres maculas diluit amne novo; 22, 5: Drac. de deo III, 16 sed plus pietatis amator; VI, 1, 71 (3, 5) Paul. Nol. XXVI, 282 quorum generosa propago; 5, 158: Ennod. 211, 1 Parturit unda sitim; Vita Mart. II, 179: Stati Theb. I, 106 suffusa veneno; III, 438: Stati Theb. I, 209 radiant maiore sereno; IV, 754: Drac. carm. min. X, 105 Cinnama . . tus balsama; Carm. VI, 1, 2: Stati Theb. VI, 57 gramineis . . sertis | Et picturatus morituris floribus agger.

Orientius ore'. Benützung bei Fortunatus habe ich nachzuweisen versucht; Zeitschrift für österreichische Gymnasien 1886, S. 409. Spuren von Benützung zeigen sich gleichfalls bei **Sedulius, Alcimus Avitus** und **Dracontius** (**Paulinus Petricoriae?**), cf. ib. p. 409.

Erst zwei Jahrhunderte später begegnet uns dann ein Vers aus Orientius bei **Paulus Diaconus** Homil. 153 (Migne 95, 1347) *„Memores simus quod quidam sapiens dixit: Munera quae tibi dat moriens haec munera non sunt'* = Commonit I, 567 (quae donat moriens).

Dann bringt **Sigebertus Gemblacensis** im Beginne des 12. Jahrhunderts de script. ecclesiasticis c. 35 die Notiz *„Orientius* (so auch BLM[1] des Fortunatus) *commonitorium fidelium scripsit metro heroico ut mulceat legentem suavi breviloquio.'* Zu *‚metro heroico'* cf. R. Ellis l. l., p. 196. Aus Gennadius, Isidor oder Ildefonsus Toletanus ist diese Notiz nicht entlehnt, da Orientius von ihnen überhaupt nicht erwähnt wird.

In der **Continuatio Cosmae** canon. **Wissegradensis**, die um 1140 verfasst ist, wird (M. G. SS. IX, 146) citirt *‚instructus verbis cuiusdam sapientis dicentis: Munera quae donat moriens haec munera non sunt'* = Commonit. I, 567. Dass diese Stelle nicht aus Paulus Diaconus abgeschrieben sein kann, ergibt die verschiedene Ueberlieferung des Verses.

Benützung des Orientius findet vielleicht auch bei einem mittelalterlichen Dichter **Gallus** statt; **Berengarii Scholast.** apologeticus in Abaelardi opp. ed. Cousin II, 773 *‚Quanto salubrius audiretur suavis poetae Galli sententia .. Ait enim: Vina probo si pota modo debentque probari | Si non pota modo vina venena probo.'* Dieselben Verse citirt **Conrad von Mure** im Repertorium (ed. Basileae, Berthold), p. 179 item Gallus: ... *‚vina venena puto'.* Dies scheint eine Nachahmung aus Orientius II, 51 zu sein *‚Praecipue largo venas perfundere vino | Respue, ne raptim vina venena fiant.'*

III. Sedulius.

Huemer hat in seiner Ausgabe des Sedulius (Corp. SS. eccles. lat. X, 361—371) sich der sehr mühsamen Aufgabe unterzogen, die mittelalterlichen Citate und Imitationen aus diesem Dichter zu sammeln.[1] Und bei seiner bedeutenden Belesenheit hat er eine grosse Sammlung von Stellen darbieten können. Ergänzungen hierzu aus Aldhelm, Baeda, Paulus Diaconus und Iulianus Toletanus gab ich Wiener Sitzungsber., Bd. CXII, 575 ff., 621 f., 630 ff. Bei weiterer Durchsicht der mittelalterlichen Literatur haben sich noch zahlreiche Nachträge ergeben, welche hier Platz finden mögen.

Columban ad Hunaldum vs. 40 (Migne 80, 286) *Illius in toto frigescit corpore sanguis'* benützt Sedulius I, 109.

Bei Isidor heisst es Carm. X, 2 (Migne 83, 1110): *'Ecce Iuvencus adest Seduliusque tibi.'*

In Marci Cassinensis Carmen de S. Benedicto 21 (Migne 80, 183) *'Ad quem caecatis errantes mentibus ibant'* ist C. Pasch. I, 248 benützt.

Audoenus benutzt im Prologe zu seiner Vita S. Eligii (d'Achery spicileg. II, 76) den Sedulius (cf. ähnliche Stellen bei Huemer, de Sedulii poetae vita et scriptis commentatio, p. 63 f.): *'Cum gentiles poetae studeant sua figmenta prolixis pompare stylis et saeva nefandarum renovent contagia rerum ac plurima Niliacis tradant mendacia biblis ... cur nos Christiani salutiferi taceamus miracula Christi, cum possimus sermone vel tenui .. pandere plebi'*, cf. Sedulius I, 17 f. 20—23. 26 f.

Amalarius ad Hieremiam archiep. Senon. (d'Achery spicileg. III, 330) führt an *'ut Sedulius'*: I, 168 f. (iam tunc — nomine Iesum).

In Grimalti et Tattonis ep. ad Reginbertum vs. 1 (Pez thesaur. VI, 1, 76) heisst es *'Salve flos iuvenum forma speciosus amoena'* = Sedulius II, 51.

In der Aufzählung der christlichen Dichter bei Hraban de institut. cleric. III, 18 (Migne 107, 396) heisst es *'ut fuit*

---

[1] Ueber die häufige Erwähnung des Sedulius in alten Handschriften-Katalogen ist Becker l. l. S. 323 einzusehen. Er findet sich fast in allen grösseren Bibliotheken; die grossen besitzen ihn mehrfach, so Reichenau viermal (822), desgleichen (?) St. Gallen, Bobbio siebenmal, Lorsch dreimal, St. Emmeram siebenmal, Hamersleven viermal, desgleichen Toul, St. Bertin neunmal (?) u. s. w. Dagegen gehört 71, 63 (Pannonholma saec. XI) *'genesis Sedulii'* jedenfalls nicht zu Sedulius, sondern zu dem gallischen Dichter Cyprian, der den Heptateuch in Verse brachte. Wie des Juvencus Name, so wurde auch Sedulius später typisch für Bibelversificator gebraucht, daher die Verwechselung.

Iuvencus, Sedulius' etc. (cf. de laude S. crucis II. praef. *,quid aliud Prosper ac venerandus vir Sedulius fecisse cernuntur?'*); de laude S. crucis I, 12 (Migne 107, 197) *,de quo poeta'*: Sedulius V, 190—195; de arte grammatica (Migne 111) 620: III, 84; III, 296. II, 249; p. 621: I, 290. IV, 46. II, 74. V, 191. I, 319 f.; p. 625: V, 92.

Angelomus in genesin c. 17 (Pez thesaur. I, 1, 148) führt an *,hinc est etiam quod Sedulius poeta in carmine paschali ait'*: I, 107 (Saucia — Sarrae).

Im Panegyricus Berengarii (ed. Dümmler) III, 160 heisst es *,metuendus et arbiter aulae'*: Sedulius II, 78, was schon der Scholiast zu dieser Stelle angibt (hoc emistichion Sedulii est); III, 182 *,hominum vetiti pro crimine pomi'*: Sedulius I, 70.

Stark benutzt wird Sedulius in der Ecbasis captivi, cf. ed. Voigt, p. 28. 75ff. (60 = Sedulius IV, 35. 615 = I, 351 etc.).

Liutprand Antapod. II, 26 vs. 1 (ed. Dümmler, p. 38) = Sedulius II, 110; II, 22 vs. 8 *,Tunc superbe reus perfide dure ferox'*: V, 59 f.; IV, 19 vs. 9 *fallax crudelis iniquae'*: V, 60.

Waltherus Spirensis V. et P. S. Christoph. ed. Harster I, 120, p. 24 *,suspendit ab ubere natas'*: Sedul. I, 113; cf. Sil. Ital. IV, 379.

Aimoin benutzt in der Transl. S. Benedicti vs. 53 (Du Chesne hist. Franc. SS. III, 120) *,meritis vivacibus atque beatis'* Sedulius I, 103.

Arnolfus de S. Emmerammo lib. II (Canisius lect. ant. ed. Basnage III, 153) führt an *,quod egregius versificator . . . in hunc modum scribit'*: Sedulius II, 187—190.

Otloh de doctrina spirituali II, 14 (Pez thesaur. III, 2, 436) *,Gaudia habens matris cum stemate virginitatis'* ist leoninische Umstellung von Sedulius II, 67.

In den Gesta abb. Gemblacens. metrica (M. G. SS. VIII, 557 f.) wird Sedulius an zwei Stellen benutzt; de Mathelino 33 *,Immitis mitem'*: I, 132; de Anselmo 31 *,Quam sperans poscit si non sperando tepescit'*: I, 350.

In Osberni V. S. Dunstani c. 40 (Migne 137, 449) wird angeführt Hymn. I, 1 f. und 3—8.

Die Gesta epp. Tullensium citiren c. 4 (M. G. SS. VIII, 633) Carm. Pasch. I, 83. 84.

Cosmas und seine Fortsetzer geben einige Stellen aus Sedulius; chron. Boem. I, 30 (M. G. SS. IX, 54): I, 276 (Plura — pudet); II, 41 (III, 51) p. 96 ‚heu .. | *Inpedior lacrimis nec possum promere*': V, 94 f.; III, 22 ‚*Edidit et tenerum suspendit ad ubera natum*': I, 113; III, 49 ‚*Spiritus in vacuas fugiens evanuit auras*': IV, 89; contin. Wissegrad. 1136, p. 142, 35 f. = Sedulius I, 66 f. Dieser letztere Vers wird wiederholt in der contin. Prag. canon. 1159, p. 165, 37. Dass Cosmas zur Beschreibung des altböhmischen Götzendienstes einfach die Stelle aus Sedulius I, 259 ff. hinübernimmt, habe ich Mittheilungen des Instituts für österreichische Geschichtsforschung VIII, 480 nachgewiesen.

Bei Eberhardus Bethuniensis könnte im Graecismus XV, 2 (ed. Wrobel) die Stelle ‚*verbum caro factum*' dem Sedulius II, 43 entnommen sein. Im Laborintus heisst es III, 57 (Leyser hist. poet. etc., p. 829) ‚*Contemnit paleas Sedulius, eligit aptas | Res evangelii sedulitate metri*'.

In der append. ad opp. Hugonis de S. Victore de anima IV, 4 (Migne 177, 175) wird citirt: Sedulius II, 253; im sermo 74 ib. p. 1135 wird angeführt Sedulius I, 332 f., und zwar in Verbindung mit Ovid. Met. II, 137. VIII, 206 und Hor. ep. I, 18, 9, so dass die Verse als zusammengehörig erscheinen.

Eine ähnliche Verbindung derselben Verse aus Sedulius findet sich in Berengarii Scholastici apologet. in Abaelardi opp. ed. Cousin II, 774: Sedulius I, 331 ff. und zwar mit Pers. V, 56. III, 82.

Bei Wilhelm von Malmesbury gesta reg. Angl. c. 355 sind die Worte ‚*stupet itaque mare peregrinos vitreo in gurgite campos*' auf Benutzung von Sedulius I, 140. III, 235 zurückzuführen.

Petrus Blesensis führt (opp. ed. Giles) II, 234 an: Sedulius II, 67 f.

Herbertus Losinga erwähnt den Sedulius in einem Briefe (Scriptores monastici ed. Anstruther Brüssel 1846, p. 13 epist. 9) ‚*Magna quidem sunt sacramenta Sedulii*'.

In Baldrici abb. Burguliensis carm. ad Adelam vs. 9 (Du Chesne hist. Franc. SS. IV, 274) heisst es ‚*Grandia dico quidem, sed grandia dicere novi*': Sedulius I, 349.

In einem Briefe Alexandri III papae bei Matth. Paris. chron. mai. ed. Luard II, 258 wird Sedulius II, 68 angeführt (N. p. similem meruit n. h. s.).

In den Memorials etc. de Richardo I ed. Stubbs I, 49 wird gleichfalls II, 68 citirt.

In Ricardi Londin. itin. peregr. c. 22 (M. G. SS. XXVII, 202) kehrt ebenfalls II, 68 wieder (est).

Albert von Stade benutzt im Troilus (ed. Merzdorf) den Sedulius an zwei Stellen; II, 127 f. ‚*Est tibi grammaticae nimis artus (artis?) fertilis hortus | Qui quibus et quabus omne ministrat olus*‘ cf. Sedulius I, 15 f.; I, 332 ‚*Omnia restituens perdita*‘: Sedulius V, 252.

Matthaeus von Paris citirt chron. mai. ed. Luard I, 343 (und I, 403): Sedulius I, 17—19.

Roger Baco führt an im Opus tertium (ed. Brewer) c. 63, p. 258 ‚*nam Sedulius longat penultimam sic*‘: V, 147; compend. stud. philos. ib. p. 456; III, 288 (Principium et f. h. alpha v.); ib. p. 460: V, 43 (Tam diri sceleris — sumens).

Conrad von Mure citirt im Repertorium (ed. Basileae, Berthold), p. 102: Sedulius I, 22; Sedulius fehlt dagegen in dem grossen Dichterkataloge, p. 239 f.

Hugo von Trimberg zeigt sich im Registrum mult. auct. (ed. Huemer) über Sedulius völlig unterrichtet (cf. Huemer, Wiener Sitzungsber., Bd. CXVI, 149); p. 29 (171) vs. 392 ‚*Scribens evangelia Sedulius dictavit | A solis ortus cardine (Hymn. II, 1) et versus inchoavit | Per literarum numerum que sunt alphabeto | Hostis Herodes impie (ib. II, 29) lector adhibeto. | Sic habebis undecim versus qui cantantur | Cum in suo carmine bis undecim legantur. | Composuit preterea Salve sancta parens (Carm. pasch. II, 63) | Quod in libro primulo cernitur apparens. | Is denique Sedulius satis commendatur | Dum de sanctis omnibus sermo recitatur | In quo duo versiculi sui libri leguntur | Qui stellas numeras (ib. I, 66) et ea quae sequuntur | Incipit Sedulius . . | . . Pascales — toris*‘ (ib. I, 1 f.). Unberücksichtigt bleibt Hymnus 1.

Es scheint Huemer entgangen zu sein, dass sich Stücke aus Hymnus II auch im cod. Bern. 455 (saec. X) fol. 1ᵇ finden, die Hagen carmina med. aevi, p. 44 f. herausgegeben hat. Die

Ueberlieferung schliesst sich ziemlich eng an cod. Bern. 546 (β) an. Die Ueberschrift für vs. 1—28 lautet ‚*Item aliud*‘, für 29—36 und 41—52 ‚*Versus in Epiphania*‘, das Uebrige fehlt. Ich gebe hier die Collation mit Huemer (B = Bernensis 455): 9 Clausa B 16 V. concepit f. B 33 viderant B 41 Lavacrum B 50 Aqua erubescunt B. — Hymn. II, 1—4 deckt sich mit Hymn. Ambrosian. I, 1—4 (4 Mariae virginis Ambr.), cf. Migne 16, 1409.

IV. Augustinus.

Obwohl Augustinus als christlicher Dichter unmittelbar nicht in Betracht kommen kann, so ist es doch vielleicht nicht unnütz, eine Sammlung derjenigen Stellen zu geben, wo sich das grosse Gedicht der Sibylle (civ. Dei XVIII, 23) im Mittelalter theilweise oder ganz citirt vorfindet.

Paulus Diaconus citirt das ganze Gedicht Homil. de sanctis 12 (Migne 95, 1474).

Hrabanus Maurus führt de universo XV, 3 (Migne 111, 420 f.) ebenfalls das ganze Gedicht an.

Das Gedicht findet sich im cod. Paris. 8069, fol. 126[b] (saec. X—XI) cf. Riese, anth. lat. II, p. XV.

In Abaelardi opp. ed. Cousin I, 142 wird vs. 1—3 citirt, desgleichen II, 57 und 396.

Das ganze Gedicht findet sich als Marbodi Redonensis carm. var. 42 (Migne 171, 1731).

Otto von Freising citirt im chron. II, 4 (M. G. SS. XX, 145) vs. 1—4.

Iohannes Saresberiensis führt (opp. ed. Giles) III, 83 vs. 1 an.

Das ganze Gedicht überliefert Petrus Blesensis (opp. ed. Giles) III, 128 f.

Ebenso findet sich das ganze Gedicht angeführt bei Matthaeus Paris. chron. mai. ed. Luard I, 50 f.

Martinus Oppaviensis überliefert in seiner Chronik (M. G. SS. XXII, 443). vs. 1. 2.

V. Alcimus Avitus.

Trotzdem Alcimus Avitus christliche Stoffe in der Weise des Sedulius behandelt hat, scheinen doch seine Gedichte keine grosse Verbreitung gefunden zu haben, denn die Zahl der uns überlieferten Handschriften ist nicht besonders gross (cf. Aviti opp. ed. Peiper, p. LIII sqq.) und die Gedichte werden in den alten Bibliothekskatalogen auch nur wenig genannt; cf. Becker l. l. S. 304. Danach war Avitus vorhanden saec. VIII in York, saec. IX in Reichenau (et metrum Alcimi Aviti episcopi), biblioth. quaedam regni Francogall. (Libri alchimi qui sic incipit: In adulescentiam qui in publico patre cadente risisset et languenti puellae amatorium dedit), Oviedo (Alchimi episcopi libros VI corpore uno), biblioth. incognita, saec. X in Bobbio zweimal, in Lorsch (metrum Alcimi ad Apollinarium episcopum lib. VI. I de initio mundi. II de originali peccato. III de sententia dei. IV de diluvio mundi. V de transitu maris rubri. VI de decem plagis Aegypti (cf. Isid. vir. illustr. c. 23), saec. XI in Toul (Alchimus de creatione mundi), Weihenstephan, saec. XII in Wessobrunn und S. Peter (Salzburg).

Dem entspricht auch die Seltenheit der Citate aus Avitus, die sich im Mittelalter finden; öfters noch wird sein Name unter anderen christlichen Dichtern genannt. Dass Avitus wenigstens in der späteren Zeit nicht in der Schule gelesen wurde, geht aus der Nichterwähnung im Laborintus des Eberhardus Bethuniensis und im Registrum mult. auct. des Hugo von Trimberg hervor. Auch bei Conrad von Mure findet sich im Repertorium nichts über ihn. Die Stellen sind folgende.

Corippus hat den Avitus wahrscheinlich benutzt, wie von mir (Zeitschrift für die österreichischen Gymnasien 1886, S. 100 f.) und Amann (de Corippo prior. poet. lat. imitatore II, Progr. v. Oldenburg 1888, p. 23) nachgewiesen ist.

Venantius Fortunatus nennt den Avitus als seinen Vorgänger; Vita Martini I, 24 *,quod sacra explicuit serie genealogus olim | Alcimus egregio digessit acumine praesul'*. Dass Fortunatus ihm auch poetische Wendungen entlehnt hat, wies ich nach: Zeitschrift für die österreichischen Gymnasien 1886, S. 252 f.

Isidor vir. ill. 23 sagt „*Avitus episcopus scientia saecularium litterarum doctissimus edidit quinque libellos heroico metro compositos quorum primus est de origine mundi, II de originali peccato, III de sententia dei, IV de diluvio mundi, V de transitu maris rubri. Scripsit et ad Fuscinam sororem de laude virginitatis librum unum pulcherrimo compositum carmine et eleganti epigrammate coaptatum*'. In Isid. carm. X, 1 (Migne 83, 1110) heisst es „*Per lege facundi studiosum carmen Aviti*'.

Aethicus Ister erwähnt in seiner Kosmographie den Alcimus; (ed. Wuttke) 6, 19 „*Et illud quod ait Alchimus: Ut diabolus qui primus conditus fuerat et primus corruerat in die iudicii ante omnes pessimos homines punietur et in ferrum claudetur* etc.': Aviti C. II, 47 f.

Zur Benutzung in der Schrift de dubiis nominibus cf. Aviti opp. ed. Peiper, p. 101. 102.

Benutzung des Avitus bei Aldhelm habe ich nachzuweisen versucht: Wiener Sitzungsber., Bd. CXII, S. 579.

Die Gedichte Baeda's zeigen gleichfalls Spuren von Benutzung des Avitus, cf. Wiener Sitzungsber., Bd. CXII, S. 623.

Alcuin kennt den Avitus aus York; de SS. Euboric. eccl. 1551 (Poet. lat. aevi Carolini I, 204) „*Alcimus et Clemens*'.

Die Versus libris adiecti VIII, 11—46 (Poet. lat. aevi Carol. I, 96) = Aviti C. VI, 379—414.

Verse aus Avitus finden sich im cod. Vatic. Reginae 215, saec. VIII vel IX, cf. edit. Peiper. p. LXIX.

Theodulf von Orleans nennt in dem Gedichte „*de libris quos legere solebam*' auch den Avitus; Theod. Carm. XLV, 13 (Poetae lat. aevi Carol. I, 543) „*Paulinus, Arator, Avitus.*'

Auch Hrabanus Maurus nennt den Avitus; de institut. cleric. III, 18 (Migne 107, 396) „*ut fuit Iuvencus* .. *Alcimus*'; de arte grammat. (Migne 111) 670 „*et liber Alcimi*'.

In Audradi Modici liber de fonte vitae 218 (Poet. lat. aevi Car. III, 79) erinnern die Worte „*Sic victor serpens*' an Aviti C. II, 408, wie Traube bemerkt hat.

Notker, de interpret. Script. 7 (Pez thesaur. I, 1, 9) sagt: „*Alcimus vero nomine Avitus licet historiarum geneseos quasi solam assumpserit tamen omnia nostra dulcissimo carmine decantavit et pulcherrimum librum de virginitate ad sororem suam descripsit* . . .'

Eine spätere Benutzung des Avitus habe ich bisher noch nicht ermitteln können. Jedenfalls geht daraus hervor, dass man sich nach dem karolingischen Humanismus nur noch wenig mit Avitus beschäftigt hat. Denn eine Benutzung von Aviti C. IV, 13 ff. in dem Carmen de bello Saxonico I, 11—19, die von Pannenborg, Forschungen zur deutschen Geschichte XIII, 413 aufgestellt worden ist, kann ich nicht erkennen, cf. Neues Archiv d. Ges. f. ält. deutsche Geschichtskunde XI, 46 und Anm. 3. Auch Peiper (Aviti opp., p. LXXVI) hat sich dagegen erklärt.

VI. Dracontius.

Weder sind die auf uns gekommenen Handschriften der Gedichte des Dracontius zahlreich (cf. ed. Arevalus ap. Migne 61, 621 ff.), noch auch wird Dracontius häufig in alten Bibliothekskatalogen erwähnt. Die wenigen Orte, aus denen Handschriften des Dracontius bezeugt werden, sind: saec. IX Oviedo (Dracontii . . . . lb.), Reichenau (metrum Dracontii de exameron lib. II); saec. X Bobbio (librum Dracontii I) und Lorsch (metrum Dracontii de fabrica mundi), denn ‚de virginitate‘ (cf. Becker l. l., S. 111 N. 37, 465) gehört jedenfalls zu 464, VI, da ja Aviti lib. VI ‚de virginitate‘ überschrieben ist und von Dracontius kein solches Werk bekannt ist. Jedenfalls haben diese genannten Handschriften nur das Carmen de deo und die Satisfactio enthalten, denn die Carmina minora (edd. F. de Duhn, Lips. 1873 und Baehrens P. L. M. V, 126—217) beruhen lediglich auf italienischer Ueberlieferung. Allerdings macht Duhn (l. l., p. IV sq. et adn. 6) wahrscheinlich, dass auch diese Carmina minora während des Mittelalters in Bobbio vorhanden waren; fest steht, dass des Dracontius grösseres Gedicht zur Zeit Karls des Grossen nach Deutschland gekommen ist, aber nur wenige Spuren deuten auf eine Benutzung desselben durch die damaligen Dichter. Und später scheint das Gedicht nicht mehr abgeschrieben worden zu sein, es wurde völlig vergessen, denn Eberhardus Bethuniensis, Conrad von Mure und Hugo von Trimberg kennen es nicht. So geht auch die Benutzung des Gedichtes über die karolingische Zeit nicht hinaus.

Alcimus Avitus hat neben anderen Gedichten auch das Carmen de deo für seine poetische Bearbeitung der Genesis benützt, wie ich Zeitschrift für die österreichischen Gymnasien 1886, S. 245 ff. nachwies.

Ennodius scheint das Carmen an zwei Stellen benutzt zu haben; (ed. Vogel) 128, 6 = de deo I, 648; 215, 3 = de deo II, 461, cf. Zeitschrift für die österreichischen Gymnasien 1886, S. 407 f.

Sichergestellt ist die Benutzung des Dracontius bei Corippus wie Amann (de Corippo prior. poet. lat. imitatore I, p. 39 f.) und ich (Zeitschrift für die österreichischen Gymnasien 1886, S. 101) nachwiesen.

Auch für Fortunatus habe ich Kenntniss des Dracontius nachgewiesen, cf. ib. S. 252.

Das Gedicht Anthol. lat. 676 R. (cod. Caroliruh. Aug. 167, saec. IX) ist zur Hälfte aus Versen der Satisfactio zusammengesetzt; 3: 219. 4: 247. 5: 249. 6: 251. 8: 259. 12: 253. Ob Columban aus diesem Gedichte einzelne Verse in sein Carm. ad Sethum genommen hat (cf. Riese, anth. l. II, 137 adn.), oder unmittelbar aus Dracontius (ed. Arevalus ap. Migne 60, 602 f.) bleibt wohl bis zum Erscheinen einer kritischen Ausgabe des Columban unentschieden. Doch ist das Letztere das Wahrscheinlichere.

Isidor erwähnt vir. ill. 24 den Dracontius *Dr. composuit heroicis versibus hexaemeron creationis mundi et luculenter quod composuit scripsit*'; orig. XII, 2, 37 citirt er de deo I, 515 (de quo Dracontius ait: Praedicit suillus — veneni); VI, 9, 1 führt er Satisf. 63 an.

Eugenius von Toledo gab bekanntlich die Schöpfungsgeschichte (Hexaemeron) und die verkürzte Satisfactio des Dracontius gesondert heraus (Migne 60, 608 metrische Vorrede).

Benutzung des Dracontius (de deo und Satisfactio) durch Aldhelm wies ich nach; Wiener Sitzungsber., Bd. CXII, S. 579 (octo princip. vit. 429 f. = Satisfactio 5. 9).

In dem Gedichte des Lul von Mainz (Lulli epist. XXVI Migne 96, 842) ist vs. 6 (Iustitiae cultor verus pietatis amator) mit Benutzung von de deo III, 16 verfasst.

Benutzung desselben Verses zeigt Alcuin ad Leónem vs. 5 (Poet. lat. aevi Car. I, 254; cf. Alcuini Carm. I, 138) *Iustitiae cultor sanctae et pietatis amator*'.

Theodulf benutzt den Dracontius an einigen Stellen; Theod. Carm. VII, 70: de deo I, 190. 61, cf. XXVIII, 263 (eburnea monstra).

Ausserdem vergleiche meine Bemerkungen ‚Zu karolingischen Gedichten' Neues Archiv d. Ges. f. ält. deutsche Geschichtskunde XI, 554 und 557 ff., wo ich weitere Benutzung des Dracontius bei den Dichtern des 8. und 9. Jahrhunderts nachwies; Bonifat. Carm. I, 350: de deo III, 427. Paulini Aquil. Carm. I, 90: I, 460. Alcuini Carm. I, 26: Satisf. 32. III, XXXI, 12: de deo I, 650. VI, 2: II, 101. LXVI, I, 5: II, 683. CXXI, 1: III, 1. Theodulfi Carm. I, 115: I, 602. XXIII, 3: III, 1. 19: II, 101. XXV, 56: II, 54. XXVIII, 208: I, 274. XLVII, 46: II, 65. Ermoldi Nigelli in hon. Hludow. II, 357: Satisf. 96 (IV, 342).

Hraban citirt de universo VIII, 1 (Migne 111, 225) de deo I, 515 aus Isidor.

Benützt wird der Anfang der Satisfactio (4—10) in Anonymi Salernitani chronicon c. 125 (Muratori SS. rer. Ital. II, 2, 265), wo es heisst vs. 13 ‚*Une ac trine deus, lux et sapientia vera | ... | Tempora tu condens solus et sine tempore regnans | Vere ut principium sic tibi finis abest. | Principium et finis primus novissimus es tu | Quem currunt infra tempora secla dies. | Cuncta arcens mutas et non mutaberis umquam | Semper eras qui nunc, semper erisque manens*'.

Auf die ‚*Orestis tragoedia*' wird vielleicht im Comment. Einsidl. (Sedulii Scotti) bei Hagen anecd. Helv. 236, 11 angespielt, da es dort heisst ‚*Orestes tragoedia*'. Stücke aus derselben scheinen im cod. Berol. Ms. Diez. B. Santen. 60, fol. 2ᵇ zu stehen ‚*proverbia Horrestis*'.

VII. Prosper.

Da es noch an einer kritischen Ausgabe des Prosper fehlt, so kann man sich von der Anzahl der auf uns gekommenen Handschriften der poetischen Werke Prospers kein genaues Bild machen. Jedenfalls aber ist sie sehr gross, wenn anders man nach dem Inhalte der alten Handschriftenkataloge schliessen darf. Nach diesen gehört Prosper zu denjenigen Autoren, die fast in keiner alten Bibliothek fehlten. Und die Epigramme, um die es sich hier hauptsächlich handelt, werden fast am häufigsten genannt, cf. Becker 1. l., S. 321 f. In einer Reihe von Bibliotheken waren die Epigramme mehrfach vorhanden; so saec. IX in Reichenau dreimal, in S. Gallen fünfmal, saec. XII zweimal in Corbie und im Monast. S. Petri Resbacense, dreimal in Wessobrunn. Trotzdem nun die Epigramme fast nirgends fehlten und jedenfalls in der Schule gelesen wurden — das ergibt sich aus dem Laborintus des Eberhardus Bethuniensis — so finden sich doch wenigstens im späteren Mittelalter verhältnissmässig nur wenig Anführungen.

Sedulius hat die Epigramme benutzt, wie Huemer in den Noten zu seiner Ausgabe dargethan hat. Hierzu kommen noch folgende Stellen: Sedul. C. P. I, 335 comitantur in ardua gressum: epigr. 19, 7; I, 330 vana deo est sapientia mundi: ep. 69, 5; II, 166 post mystica dona lavacrum: ep. 89, 5; II, 221 lubrica mundi | Gaudia: 103, 23. Ausserdem ist das Carmen de ingratis benutzt; C. P. II, 148 agnus | Ecce dei veniens peccatum tollere mundi: de ingratis 884; II, 38 ff. rerumque creator | Nascendi sub lege fuit; stupet .. | Virgo sinus .. paritura: ib. 891 f.

Fortunatus benutzt gleichfalls die Epigramme, wie ich M. G. auct. antiq. IV, 2, 133 nachwies; als Nachtrag kommt hinzu Fort. C. II, 16, 18 semita lucis iter: epigr. 69, 2.

Die zahlreichen Citate Aldhelms aus Prospers habe ich zusammengestellt, Wiener Sitzungsber., Bd. CXII, S. 573 f.

Auch die vielfachen Anführungen, die Baeda aus Prosper gibt, habe ich daselbst angeführt, S. 615. 621. 629; die meisten Citate beziehen sich auf die Epigramme (Keil G. L. VII, 234, 4 ist a vitiis statt avitus nach Prosper ep. 67, 4 zu schreiben), ausserdem werden vs. 1—6 des zweiten Gedichtes in obtrectatorem Augustini (Migne 51, 149) und ad uxorem 1—16 überliefert. Da sich für die letztere Stelle schon hier die Einführungsworte finden (Keil G. L. VII, 257, 21) „quo usus est Prosper Tyro in principio exhortationis ad coniugem ita dicens', so ist jenes Gedicht wohl mit mehr Recht dem Prosper als dem Paulinus von Nola zuzuschreiben.

Alcuin kennt den Prosper aus York; de SS. Euboric. eccl. 1551 (Poet. lat. aevi, Car. I, 204) „Alcimus et Clemens Prosper'. In dem Alcuincodex Musei Britann. fol. 448' (cf. Poet. lat. II, 692, Add. Ms. 10546) finden sich Stücke von

Prospers Epigrammen, cf. Neues Archiv d. Ges. f. ält. deutsche Geschichtskunde XI, 553.

Ermoldus Nigellus erwähnt den Prosper in seinem Dichterkataloge in hon. Hludowici I, 20 ‚Seu .. Prosper et ipse foret' (Poet. lat. aevi Carol. II, 5).

Hrabanus Maurus gibt einige Anführungen aus Prosper; de arte grammat. (Migne 111) 621: Praefatio (Migne 51, 497) vs. 6 f. (Non nostrae — aquas); ib.: ep. 92, 1 f. (Morbo obsessis — manet); in ecclesiast. 7, 12 (Migne 109, 1005) ‚nam ut quidam poetarum ait': ep. 85, 1 f.; de laude s. crucis II praef.; mos apud veteres fuit, ut gemino stilo propria conderent opera... Ut de caeteris taceam quid aliud Prosper .. fecisse cernuntur?

In Cruindmeli sive Fulcharii ars metrica findet sich eine Anzahl von Citaten aus Prospers Epigrammen; sie scheinen jedoch zumeist aus Baedas gleichnamigem Tractate übernommen zu sein. Die Stellen sind folgende: (Cruindm. ed. Huemer) p. 10, 24: Ep. 91, 9 (abstrusa); 10, 25 ff.: 5, 5 f.; p. 16, 3 ff.: praef. 7; 16, 26 ff.: 92, 1 f. (morbo obsessis); 18, 8: 67, 3; 35, 10: 104, 5; 38, 7: 71, 3; 40, 13 ff.: 102, 17 f. (et fidei); 42, 23 f.: 8, 7; 33 f.; 72, 1; 43, 3 ff.: 43, 3 ff.; 9 f.: 3, 5 (quicquam); 13: 40, 3. Von allen diesen Stellen findet sich nur 71, 3 bei Baeda nicht citirt.

Notker de interpret. Scripturae 7 (Pez thesaur. I, 1, 9) erwähnt die Epigramme; ‚Prosperum . . . cuius epigrammata licet invitus habes in corde descripta'.

Ratherius Veronensis citirt de otioso sermone 4 (Migne 136, 576): ep. 5, 5 f. (brevis hic).

Der Cod. Bernensis 123 enthält auf fol. 35ª Prosp. epigr. 104, 5.

Eberhardus Bethuniensis erwähnt den Prosper im Laborintus III, 75 (Leyser hist. poet. etc., p. 829) ‚Fontibus ex sacris haurit qui dogmata fundit | Prosper doctrinae prosperitate sapit'.

Das Glossarium Osberni (Mai class. auct. VIII, 351) citirt ep. 38, 8 (Quae m. s. q. d. a.).

Die Vita Gebehardi ep. Constant. (M. G. SS. X, 590) führt in c. 25 an: ep. 38, 1 f.

Petrus Blesensis citirt (opp. ed. Giles) I, 154 ‚Prosper dicens': ep. 38, 5 f.; id. II, 238.

Henricus Huntendunensis citirt in der hist. Angl., p. 33, vs. 1 f. und 5 f. aus Prospers zweitem Epigramme in obtrectorem Augustini, wahrscheinlich nach Baeda, hist. eccl. I, 10.

Das Florilegium Gottingense (ed. Voigt, Romanische Forschungen III) p. 293 gibt in N. 122: ep. 96, 1 f.; in N. 158, p. 297: ep. 19, 3 f. (A. intendit); in N. 294, p. 308: ep. 21, 3 f. (Ne pateant).

Roger Baco citirt im compend. stud. philos. ed. Brewer, p. 456: ep. 99, 1 und 105, 5.

Hugo von Trimberg sagt im Registrum mult. auct. ed. Huemer, p. 30, vs. 437 ‚Sequitur in ordine Prosper Aratorem | Quem scimus catholice fidei doctorem. | Nam idem epigrammata scripsit Augustini | Cuius erat discipulus solamque divini | Studii notitiam cordicitus amabat | Omnemque sophisticam artem refutabat: Hec Augustini ex sacris epigrammata dictis | Dulcisono rhetor componens carmine Prosper'. (Diese Verse sind der Anfang eines angeblichen Gedichtes des Prosper, das sich in einigen Handschriften findet, cf. Muratori anecd. II, 210; Hist. litter. de la France II, 384; Migne 51, 51); es folgen praef. 1 f. (Cum sacris mentem — pascere pane iuvat) und epigr. 1, 1 f.

Johann von Victring citirt. den Prosper mehrfach; I, 5 (Böhmer, Fontes rer. Germ. I, 289) ‚sicut Prosper dicit': ad uxorem 29 (Migne 51, 612); I, 10, p. 299 ‚iuxta Prosperum': ad uxorem 29 f. (obiit terris); IV, 10, p. 383 versus .. Prosperi .. qui dicit: epigr. 96, 5 f. (diversis montibus); V, 6, p. 403 ‚sicut Prosper dicit': ad uxorem 109 f. (N. m. o. n. scrutabor honores | P. C. d. n. timeo); VI, 10, 441 ‚iuxta quod Prosper dicit': epigr. 96, 1 f.

Ausserdem habe ich noch Benutzung des Prosper bei einigen karolingischen Dichtern nachgewiesen, cf. Neues Archiv d. Ges. f. ält. deutsche Geschichtskunde XI, 557 ff. Pauli et Petri C. XIX, 6: ep. 69, 2. Paulini Aquilei. C. I, 3: ep. 82, 9. Alcuini C. LXV, 4a, 6: ep. 41, 1; LXIX, 196: ep. 36, 6. LXXIV, 2: ep. 69, 2. cf. Theodulfi C. I, 153. XXV, 127. XXVI, 37; Aedilvulfi C. I, 12: ep. 69, 2; XIV, 42: ep. 19, 1. Smaragdi Carm. II, 40 f.: epigr. 19, 1.

Aus dem Gedichte ‚de ingratis' habe ich bisher noch keine Anführung im Mittelalter gefunden, über das Carm. de.

providentia divina cf. Zeitschrift für die österreichischen Gymnasien 1888, S. 583 f. Uebrigens kann ich jetzt meine daselbst S. 581 gemachte Behauptung, man dürfe das Gedicht de providentia dem Prosper nicht unbedingt absprechen, durch zwei fast wörtlich gleichlautende Stellen unterstützen. Daraus ergibt sich, entweder dass das Gedicht de ingratis denselben Verfasser wie das Gedicht de providentia hatte, oder dass das eine aus dem anderen entlehnt hat. Die erstere Annahme ist für mich die wahrscheinlichere. Die Stellen sind:

de ingratis 891 Verbum homo fit rerumque sator sub condicione | Servilis formae dignatur virgine nasci.

de providentia 464 miscetur conditioni | Humanae et verbum caro fit rerumque creator | Nascitur atque annis succedit conditor aevi.

Es wird nicht unnütz sein, an diese Bemerkungen Einiges über die Abhängigkeit Prospers von poetischen Vorbildern anzuschliessen. Im Allgemeinen zeigt Prosper eine für seine Zeit geradezu auffallende Selbständigkeit in seiner dichterischen Sprache. Denn in irgendwie hervorragender Weise ist ausser Vergil kein einziger der früheren Dichter von ihm benützt worden. Als Imitationen und Anlehnungen können folgende Stellen gelten:

De ingratis 45: Claudian. in Eutr. I, 170 Auctorem damnare suum; 147: Verg. Ecl. I, 61 Ante pererratis .. finibus; 215: Aen. X, 75 et patria .. consistere terra; 347: Georg. II, 318 radicem adfigere terrae; 350: Georg. I, 153 tribolique .. | Infelix lolium et steriles dominantur avenae, cf. I, 226; 367: Claud. ep. Pall. et Cel. 92 sincera fides; 447: Aen. V, 743 Haec memorans cinerem et sopitos suscitat ignes; 450: Georg. II, 278 secto via limite quadret; 475: Aen. I, 531 ubere glebae; 481: Iuvenc. hist. ev. II, 190 coeptae .. exordia vitae; 499: Georg. II, 336 prima .. origine mundi; 636: Prudent. Perist. XIV, 62 Caelestis aulae; 645: Paulin. Nol. C. XVI, 129 sapientia dives, cf. epigr. 97, 3; 650: Paul. Nol. XVI, 152 mortis in umbra; 702: Paul. Nol. C. XXI, 41 deus omnibus una; 731: Aen. VI, 304 viridisque senectus; 734: Aen. X, 452 Frigidus .. coit in praecordia sanguis; 757: Georg. III, 42 Te sine nil altum mens incohat; 769: Ov. Met. I, 565 gere frondis honores; 816: Georg. IV, 253 Quod iam non dubiis poteris cognoscere signis; 820: Iuvenc. II, 193 si quis de fonte renatus, cf. epigr. 89, 1; 872 ff.: Georg. II, 476 caelique vias et sidera .. | Defectus solis varios lunaeque labores; 883: Ov. Met. VIII, 483 mors morte pianda est. — Epigrammata praef. 9: Stati Achill. I, 105 pietate magistra; 12, 2: Prud. in Symmach. II, 434 vindex scelerum; 22, 4: Aen. VI, 726 Spiritus intus alit; 55, 1: Paul. Nol. XXI, 41 qui cuncta creavit; 62, 3: Iuvenc. II, 112 fraude maligna; 65, 11: Prud. in Sym. I, 305 virtute superna; 76, 2: Aen. II, 143 Intemerata fides; 92, 3: Iuvenc. II, 786 curarum mole gravatis; 95, 16: Paul. Nol. XXXV, 450 Gaudia longa metam; 100, 7 f.: Horat. ep. II, 3, 11 petimusque damusque vicissim; 101, 1: Lucan. II, 389 Iustitiae cultor; 8: Prud. Perist. XI, 90 insueto subdere colla iugo; 102, 7 (105, 3): Prud. . Apoth. 278 de lumine lumen, Paul. Nol. C. VI, 82.

VIII. Das Carmen adversus Marcionem.

Das Gedicht *adversus Marcionem*, welches früher dem Tertullian zugeschrieben wurde, hat Ebert (Allgemeine Literaturgeschichte des Mittelalters I, 301, n. 1) in die Zeit des Paulinus von Nola verlegt. Wenn diese Verlegung auch mit der Prosodie des Gedichtes in Einklang zu setzen wäre, so dürfte ihr doch entgegenstehen, dass sich der Dichter an sprachliche Vorbilder anlehnt, welche später als Paulinus fallen. So benützt er den Sedulius und Dracontius. Als andere Grenze hat Fortunatus zu gelten, da von diesem unser Gedicht benutzt wird. Es dürfte freilich immerhin schwer sein, einen sicheren Zeitpunkt zu bestimmen. Uns kommt es hier besonders auf die poetischen Vorbilder an, welche aus dem Gedichte zu ermitteln sind, und wie das Carmen selbst später benutzt wurde. Ich citire es nach Tertulliani opp. ed. Oehler ed. minor 1854, p. 1190 ff.

Adv. Marcionem I, 10: Dracont. Satisf. 96 idola vana colunt; 16: Aen. VII, 641 scelerata insania belli; 17: Dracont. de deo III, 147 qui gaudent sanguine fuso; 49: Sedul. III, 4 In vinum convertit aquas; 50: Sedul. IV, 41 Lumina caecatis dedit; 60: Iuvenc. hist. ev. IV, 756 devicta morte; 79: Georg. IV, 470 precibus mansuescere corda; 101: Paul. Nol. XXI, 41. Drac. de deo III, 132 qui cuncta creavit; 105: Iuvenc. II, 343 Limine de mortis; 114: Sedul. I, 242 Heu miseri. Aen. VI,

163 indigna morte peremptum; 131: Aen. IV, 514 Pubentes herbae; 134: Drac. Satisf. 1 Rex immense deus; 180: Sedul. I, 61 qui conditor orbis; 225: Aen. XI, 386 vivida virtus; 237: Iuvenc. III, 331 vestibat lumine; 242: Iuvenc. III, 496 Aulae caelestis. II, 15: Iuvenc. praef. 6 sublimia facta; 44: Prud. Apoth. 166 mortalia vivificantem; 77: Cyprian. in exod. (Pitra) 440 sanguine postes | Tinguere; 84: Ov. Pont. II, 8, 31 virtutis imagine; 86: Ov. Remed. 89 celeri circumspice mente; 97: Prosper ad uxorem 79 Ille deus rerum caeli terraeque creator; 108. 110: Paul. Nol. XXVII, 411 praecursor domini et baptista Iohannes; 125: Paul. Nol. XXXV, 66 morte redemit opus; 135: Aen. III, 102 veterum volvens monumenta virorum; 153: Met. IV, 515 sequitur vestigia; 162: Aen. I, 234 volventibus annis; 180: Aen. I, 680 sopitum somno; 183: Aen. X, 843 praesaga mali mens; 184: Georg. I, 432 certissimus auctor; 193: Sedul. II, 166 post mystica dona lavacrum; 201: Aen. XII, 691 Sanguine terra madet; 206: Drac. de deo II, 623 praemortua membra, cf. Ov. Am. III, 7, 65; 250: Iuvenc. II, 193 de fonte renatus. III, 30: Cyprian. in genes. (Migne) 617 genitore relicto; 31: Aen. IV, 350 extera quaerere regna; 32: Iuvenc. III, 508 sublimis honore; 77 f.: cf. Sedul. V, 436 ff.; 96: Aen. II, 369 plurima mortis imago; 106: Aen. IX, 686 versi terga dedere; 117: Iuvenc. III, 538 solatia vitae; 120: Lucan. II, 76 concessa potestas; 131: Met. VII, 90 submissa voce rogavit; 170: Aen. X, 558 Condet . . membra sepulchro; 174: Aen. II, 309 Tum vero manifesta fides; 178: Aen. X, 386 crudeli morte; 192: Aen. III, 144 veniamque precari; 265: Aen. II, 143 Intemerata fides; IV, 15: Georg. IV, 1 caelestia dona; 17 f.: Marii Victoris Alethias I, 20 genitor vitae lucisque profundae; Drac. de deo III, 1 lucis origo; 29: Prud. Apoth. 278 de lumine lumen; 36: Drac. de deo I, 692 pietatis amore; 56: Aen. XI, 166 inmatura . . | Mors; 215: Sedul. Hymn. I, 49 cuncti cecinere prophetae; 221: Iuvenc. IV, 49 dominumque deumque; 229: cf. Drac. I, 366 Cordibus innocuis; V, 95: Aen. VI, 733 dolent gaudentque; 226: Iuvenc. III, 521 vitae spes unica.

Benutzung des Gedichtes bei Späteren habe ich an folgenden Stellen gefunden:

Fortunati C. IX, 2, 31: adv. Marcionem III, 130 David magnus rex atque propheta; Vita Mart. IV, 377: II, 163 fortis congressus athleta: Aldhelm laud. virg. 327 (antiquis praesaga voce prophetis): Carm. I, 33 Turba prophetarum . . | . . praesaga voce loquuntur; Ermoldus Nigell. ad Pippin. II, 123 (Poet. lat. aevi Car. II, 89) David psalmographus rex atque propheta tonantis: Carm. III, 130 Psalmographus David magnus rex atque propheta. Das Gedicht ‚adversus Marcionem' war vielleicht saec. X in Lorsch vorhanden, cf. Becker l. l., p. 111 (37, 446); denn es kann das dort genannte Werk Tertullians (eiusdem libri V adversus Marcionem) das Gedicht gewesen sein, da dies Werk mit einem andern dem Tertullian beigelegten Gedichte (de resurrectione) sich in derselben Handschrift vorfand.

VIIII. Boëtius.

Boëtius hat bekanntlich im Mittelalter das grösste Ansehen genossen. Fast in jeder Bibliothek war er vorhanden, da er in der Schule als Hauptlehrbuch galt. Das bezieht sich allerdings besonders auf die ‚*Consolatio philosophiae*', die den Werken der Kirchenväter an Autorität nichts nachgab. Peiper hat sich in seiner Ausgabe derselben (p. XXXV—LXV) der mühevollen und sehr verdienstlichen Aufgabe unterzogen, über die vielfältige Benützung der Consolatio im Mittelalter ausführlich zu handeln. Der Natur der Sache nach können zu Peiper's Ergebnissen erhebliche Nachträge gegeben werden, denn es dürften sich wenig grössere Schriften aus dem Mittelalter finden, in welchen sich der Einfluss des Boëtius nicht geltend machte. Da es uns hier auf das Fortleben der alten Poesie ankommt, beschränke ich mich darauf, mittelalterliche Citate aus den Gedichten des Boëtius im Folgenden zu geben, indem ich die Prosa für einen anderen Ort aufspare.

Iulianus Toletanus citirt in den comment. in Nahum 16 (Migne 96, 715) ‚*in quodam philosophorum legitur*': Consol. III metr. 9, 6—8 (tu cuncta — formans).

Der Verfasser der Vita B. Leudegarii (Poet. lat. aevi Car. III, 5) benutzt im Prol. 1 ‚*Carmina plura nitent studio florente peracta*' Consol. I metr. 1, 1.

In den Gesta Apollonii (Poet. lat. aevi Car. II, 506) 781 f. ‚*Si sapor ora prius gustantis mordet amarus | Audio ceu fari, tunc mel sit dulcius ori*' III metr. 1, 5 f.

In Bovonis relatio de invent. et elat. S. Bertini (M. G. SS. XV, 526) heisst es in der Vorrede ‚*Dulcior quippe nobis est apum labor si prius ora tinxerit malus sapor. Gratius astra micant ubi nothus nubes fugaverit densissimos'*. Diese Verse stammen aus III metr. 1, 5—8.

Hildebert von Le Mans citirt in der moral. philos. (Migne 171, 1050): II metr. 7, 12—14.

Landulf führt in den gesta archiep. Mediol. (M. G. SS. VIII, 36) praef. an: I metr. 1, 1—4.

In der Schrift de S. Virgilio (M. G. SS. XI, 92) c. 10 wird angeführt: I metr. 1, 2.

Cosmas benutzt im chron. Boem. (M. G. SS. IX, 33 f.) I, 3 die Verse: II metr. 5, 1—11.

Abaelard bringt in seinen Werken einige Citate aus Boëtius; (opp. ed. Cousin) I, 675: V metr. 1, 1—3; II, 40: III metr. 9, 3 (stabilisque — moveri), derselbe Vers II, 52. 134. 393; II, 87: III metr. 9, 1—3. Dieses Gedicht hat wohl am meisten christliche Färbung und war daher besonders beliebt.

Im Chron. epp. Mersburg. c. 36 (M. G. SS. X, 207) wird angeführt: II metr. 5, 12.

Otto von Freising citirt in den gesta Friderici I, 5 (hier werden eine Menge Stellen aus Boëtius angeführt und danach ist Peiper's Bemerkung l. l., p. LXIII zu corrigiren): III metr. 9, 2 f. (qui — iubes).

In der Visio Tnugdali ed. A. Wagner, p. 81, vs. 727 ‚*Plurima mente gerens*' wird benutzt III metr. 9, 8.

Iohannes Saresberiensis führt an (opp. ed. Giles) III, 116: III metr. 9, 3; IV, 58; III metr. 7, 2—6; V, 36 (99): I metr. 5, 19 f. Ausserdem sind zu vergleichen V, 82. 111. 122. 133.

Im lateinischen Herzog Ernst (Haupt's Zeitschrift für das deutsche Alterthum VII, 243, 34 f.) wird citirt I metr. 1, 9—11.

In den Memorials etc. of Rich. I (ed. Stubbs) II, 70 wird angeführt: I metr. 7, 25—28.

In den Political Songs (ed. Th. Wright), p. 207 wird als vs. 32 angeführt: I metr. 1, 1.

Albert von Stade citirt im Troilus (ed. Merzdorf) als V, 269 f.: I metr. 1, 13 f.

Conrad von Mure führt im Repertorium (ed. Basileae Berthold) an p. 33: I metr. 7, 25—28. p. 107: I metr. 1, 11; ausserdem ist zu vergleichen p. 159: lib. V providencia — diffinit.

In Rogeri de Hoveden chron. ed. Stubbs I, p. 14 wird citirt: I metr. 4, 29—36; ib. I, 19: IV metr. 5, 21. 22.

Johann von Victring (Böhmer, Fontes rer. Germ. I) V, 2, p. 387 führt an *‚iuxta Boetium qui dicit‘*: IV metr. 2, 1—3 (Vides s. celso — anhelos); V, 7, p. 405 *‚iuxta id Boetii: Reditu proprio singula gaudent | Repetuntque suos queque recursus‘*, cf. III metr. 2, 34 f.

Gut unterrichtet über Boëtius ist Hugo von Trimberg, regist. mult. auct. ed. Huemer, p. 24 (166), vs. 250 *‚Sequitur Boëtius de consolatione . . . . Sicque sui nominis famam dilatavit‘*: Carmina — modos = I metr. 1, 1 f.

Nicht unerwähnt möchte ich schliesslich lassen, was ich über die sagenhafte Gattin des Boëtius, namens Helpe, gefunden habe. Jacobus de Voragine sagt im chron. legendae aureae insertum (M. G. SS. XXIV, 169): *‚Eius Boëthii uxor Elpes nomine ymnum apostolorum Petri et Pauli qui sic incipit „Felix per omnes festum mundi cardines" edidisse fertur. Epytaphium quoque suum ipsa composuit ita dicens: Helpes dicta fui, Sycule regionis alumpna, | Quam procul a patria coniugis egit amor. | Porticibus sacris iam nunc peregrina quiesco | Iudicis eterni testificata thronum.‘* Dass dieses Epitaph nur eine Verkürzung einer längeren Grabschrift ist, lehrt uns das im Codex Udalrici (Jaffé bibl. rer. Germ. V, 458) erhaltene Gedicht *‚Rome epitaphium Helpe uxoris Boëtii‘*. Dieses letztere besteht aus sechs Distichen, wovon die Verse bei Jacob 1. 2. 7. 8 sind; cf. Boët. consol. ed. Obbarius, p. XII, n. 16.

X. Prudentius.

Da Prudentius Clemens zu den ersten christlichen Dichtern gehört und das ganze Mittelalter hindurch in hohem Ansehen stand, so sind uns nicht nur zahlreiche Handschriften erhalten, sondern es wird auch Prudentius sehr häufig in alten Bibliothekskatalogen erwähnt. Die hierauf bezügliche Zusammenstellung s. bei Becker l. l., p. 322, wo 56, 50—53 zu ergänzen ist (56, 51 contra Marcionitas = Hamartigeneia; 56, 50 Pr. historiarum bedeutet das Dittochaeon).

Von Sidonius Apollinaris scheint Prudentins zuerst genannt worden zu sein. Aus der Art dieser Erwähnung ergibt sich aber, dass Prudentius schon damals das höchste Ansehen genoss, denn er wird von Sidonius, dem Kenner und Bewunderer der alten Literatur, mit Horaz zusammengestellt. Sidon. ep. II, 9, 4 (ed. Luetjohann, p. 31, 20) ‚*similis scientiae viri, hinc Augustinus hinc Varro, hinc Horatius hinc Prudentius lectitabantur*‘. Benutzung des Prudentius erwies Geisler in Sidon. Apoll. opp. ed. Luetjohann, p. 391; Carm. V, 128: in Sym. I, 21; V, 541: Psych. 656.

Dann wird Prudentius von Gennadius vir. ill. 13 mit unvollständiger Aufzählung seiner Werke erwähnt. Es ergibt sich aber aus Gennadius, dass uns nicht alle Werke des Prudentius erhalten sind: ‚*commentatus est autem in morem Graecorum Hexaemeron de mundi fabrica usque ad conditionem primi hominis et praevaricationem eius*‘. Diese Stelle wird von Ebert, Geschichte der christlich-lateinischen Literatur etc., 244, n. 5 ohne genügenden Grund angezweifelt. Die Angabe des Gennadius wird bestätigt durch das Registrum mult. auct. des Hugo von Trimberg (ed. Huemer, p. 31) vs. 454 (scil. Prudentius composuit) ‚*Simul et hexaemeron de mundi vetustate*‘.

Dass Paulinus Petricoriae den Prudentius benutzt hat, suchte ich nachzuweisen Zeitschrift für die österreichischen Gymnasien 1886, S. 405 und Wochenschrift für classische Philologie 1888, Sp. 1135.

Für die Benutzung des Prudentius bei Sedulius sind die Noten in Huemer's Sedulius-Ausgabe zu vergleichen.

Alcimus Avitus (ed. R. Peiper) erwähnt den Prudentius Carm. VI, 371 ‚*Discribens mentis varias cum corpore pugnas Prudenti quondam cecinit Prudentius arte*‘, womit auf die Psychomachie angespielt wird. Benutzung derselben (406) wies Peiper zu II, 48, der Hamartigeneia (462) zu V, 694 nach; weiteres habe ich gegeben Zeitschrift für die österreichischen Gymnasien 1886, S. 245 ff.

Mit Ruricii epist. II, 19, vs. 22 (Sidon. Apoll. opp. ed. Luetjohann, p. 328) ist Cathem. IV, 74 zu vergleichen.

Benutzung des Prudentius bei Fortunatus wies ich nach Mon. G. auct. antiq. IV, 2, 132 ff. und Zeitschrift für die österreichischen Gymnasien 1886, S. 251; ausserdem cf. oben S. 6

Anm. Dass Fortunat den Prudentius wirklich gekannt hat, ergibt sich aus Vita Mart. I, 18 ‚*Martyribusque piis sacra haec donaria mittens | Prudens prudenter Prudentius immolat actus*‘ mit ähnlicher Wortspielerei wie bei Avitus C. VI, 372.

Ebenfalls wird Prudentius von Corippus benutzt, cf. Zeitschrift für die österreichischen Gymnasien 1886, S. 99 und Amann de Corippo prior. poet. lat. imitatore partic. II (Progr. v. Oldenburg 1888), p. 17 f.

Von Gregor von Tours wird Prudentius sehr stark ausgebeutet; in dem Werke (opp. edd. W. Arndt et B. Krusch) Gloria martyrum c. 40 heisst es: ‚*sicut Prudentius noster in libro contra Judaeos meminit*‘, folgt Apoth. 449—490 in Prosa aufgelöst, 449—502 wörtlich mit Auslassung von 454. 458 f. 461—464. 472 f. 475—484; c. 42 wird citirt Peristeph. IX, 21 f. 29. 47 f. 14. 12 in Prosa; c. 90: Perist. III, 186 f. 161 ff. 175 ff.; c. 92 ‚*Praebet huius rei testimonium Aurelius Clemens in libro coronarum*‘, folgt wörtlich Perist. I, 82—90; c. 105 wird citirt: Cathem. VI, 133—136. In dem Buche ‚*Vitae patrum*‘ VI praef. wird angeführt: Hamart. 257, derselbe Vers gloria confess. c. 110; de cursu stellarum c. 34: Cathem. XII, 21—24.

Columban benutzt in der ep. ad Hunaldum (Migne 80, 285) vs. 10 (Summa quies nil velle supra quam postulat usus): Psych. 609; und 27 (circumflua copia rerum): Hamart. 333.

In den Scholia zu Germanici Prognostica (Germanici Caes. Aratea cum schol. ed. Breysig Berl. 1867), p. 200, 9 heisst es ‚*de qua quidam*‘ = in Symmach. I, 365—367 (sublustris; subcincta iacet calamis). Vielleicht stammt das Citat aus Isidor or. VIII, 11, 58, doch sind die Lesarten andere.

In dem Specimen glossographi veteris in cod. Mediol. ed. Mai class. auct. VII, 586 heisst es ‚*Prudentius: O dee virtutum*‘, cf. Hamart. 931 O dee cunctiparens.

Isidor citirt origg. VIII, 9, 8: in Symmach. I, 91. 93 f. 96 ff.; VIII, 11, 58: in Symmach. I, 365 ff.; XIX, 34, 3: Peristeph. IV, 25; de natura rerum XXVI, 13: Cathem. XII, 21; Carm. IX, 1 (Migne 83, 1109): ‚*Si Maro ... horret | Lucanus si te .. tedet | Par erat eximio dulcis Prudentius ore.*‘

Ildefonsus Toletanus citirt in seiner Schrift de partu virginis (Migne 96) 229 ein grösseres Stück aus Prudentius: vs. 1—7 = Apoth. 568—574 (afflatu; nativitatis; sentis); 8 f. = ib. 583 f.

Iulianus Toletanus citirt in der Ars grammatica (ed. Rom. 1797), p. 8, c. 21: Dittoch. I, 1. IX, 1. III, 2. IV, 1. c. 24: Dittoch. XV, 1. III, 3. p. 52, c. 235: Praef. 3; p. 54, c. 245: Cathem. III, 1; c. 246: Cath. VII, 1.

In der Schrift de dubiis nominibus (Keil G. L. V) treffen wir eine grosse Zahl von Citaten aus Prudentius an; p. 594, 1: Cathem. I, 49; 584, 28: ib. I, 58; 581, 8: ib. II, 81; 588, 16: III, 53 f. (pampineo — palmite); 588, 12: ib. III, 136; 579, 29: ib. III, 157 (grege candido); 593, 25: III, 186 (vigor igneolus); 594, 5: IV, 75; 591, 5: V, 7 (Incusso silice); 589, 8: VI, 127; 583, 10: VII, 191; 589, 4: VII, 205 (aegram pectorum r.); 585, 30: IX, 74 (Obice e. recluso); 586 f.: Peristeph. praef. 16. 18; 582, 5: Peristeph. I, 82 (Illa — est); 581, 22: IX, 41 (Ludum volupe); 593, 5: IX, 56 (Pars — intrat); 591, 22: X, 36; 582, 9: X, 158 (d. a. l. praeconando curritis); 586, 12: X, 221 (C. stuprosa — pulpita); 581, 32: X, 1135; 583, 6: XII, 41; 583, 8: XII, 42; 582, 25: Apoth. II praef. 33; 580, 1: Apoth. 648 (Matris — gremium); 582, 17: Apoth. 670 (Sustinuit — liquor); 581, 20: Psychom. 49 f. (iugulum — gladio); 581, 15: ib. 535 (obliso — collo); 581, 26: ib. 571 (letum — anceps); 582, 1: ib. 87 (prostrata iaces l. l.); 588, 9: ib. 863 (Prata herbida); 584, 1: in Symmach. II, 257 f. (deus — materiem); 584, 3: in Symmach. II, 287; 593, 22: Dittochaeon XVIII, 3 (callida vulpes). Nur die Hamartigeneia ist also unbenutzt.

Dass Aldhelm den Prudentius kennt, wies ich nach Wiener Sitzungsber., Bd. CXII., S. 571. Hierzu kommt Aldh. aenigm. pentast. 8, 4 (sic ferrea fata revinco): in Symmach. II, 462 (cf. Anth. lat. R. 776, 4).

Baeda citirt aus Prudentius „De arte metrica' (Keil G. L. VII), p. 250, 21: Psych. 98; p. 250, 23: Psych. 594; 256, 23—26: Psych. praef. 1—4. Zu den Miracula S. Cuthberti cf. Wiener Sitzungsber., Bd. CXII., S. 619; explanatio apocalyps. (Migne 93) 284: Dittoch. I, 1—4. p. 285: ib. II, 1—3; 297: ib. III, 1—4.

Alcuin nennt den Prudentius im Bücherkataloge von York: de SS. Euboric. eccl. (Poet. lat. aevi Carol. I, 204) 1551 „Alcimus et Clemens'. Denn dieser Clemens ist natürlich Prudentius und kein anderer Dichter, wie Becker l. l., p. 308 irrthümlich annimmt.

Bei Paulus Diaconus Carm. V, 3 (Poet. lat. aevi Carol. I, 43) scheinen die Worte ‚*Per rosulenta . . prata*' auf Benutzung von Peristeph. III, 199 f. zurückzuführen zu sein.

Imitationen aus Prudentius bei Angilbert in dem Epos Karolus M. et Leo papa und bei Naso (Muadwin) habe ich nachgewiesen Neues Archiv d. Ges. f. ält. deutsche Geschichtskunde VIII, 26 f.

Dass Theodulf von Orleans den Prudentius gekannt hat, ergibt sich zunächst aus seinem Gedichte ‚*de libris quos legere solebam*' = Carm. XLV, 15 (Poet. lat. aevi Car. I, 543) ‚*Diversoque potens prudenter promere plura | Metro, o Prudenti*'. Ausserdem findet sich bei ihm vielfache Benutzung des Prudentius; Carm. I, 53 f. (ib. I, 443) ‚*Ira furens sequitur spumanti fervida rictu | Luminaque intorquet felle cruenta tetro*': Psychom. 113 f.; 210 (= LXII, 7): Psych. 199; 277: Psych. 42; II, 31: Psych. 502; VII, 18: Cathem. V, 147; 23: Apoth. 429 f.; 35: Cathem. V, 58; XIII, 29 f.: Cathem. IV, 9—12; XVII, 41 f.: Psych. 458—460; 88: Peristeph. XIII, 12; XXI, 71: Psych. 62 f.; XXV, 31 (= XXXII, 5): in Symmach. II, 434; 73: ib. II, 320; XXVIII, 27: Cathem. VII, 37; 395: Psych. 190 f.; LXI, 4: Cathem. III, 76.

Georgius Ostiensis citirt in einem Briefe ad Hadrian. I papam (Alcuini ep. 19 ed. Jaffé bibl. rer. Germ. VI, 158) ‚*dicente Prudentio*': Dittochaeon I, 3 (T. e. i. m. s. humum).

Wicbod führt in den quaestt. in genes. (Migne 96) 1166 an ‚*de quo poeta ita cecinit*': Dittoch. I, 1—4.

Von hier ab dürfte es sich empfehlen, die einzelnen Länder gesondert zu betrachten.

A. Deutschland.

Saec. IX. In dem Carmen de Timone comite 41 f. (Poet. lat. aevi Car. II, 122) ‚*Publica res tunc est felix quando imperat ille | Qui sapit aut certe qui sapit ipsa regit*' ist in Sym. I, 30 f. benützt.

Hrabanus Maurus citirt de arte gramm., p. 616 (Migne 111): Psych. 163; de universo XV, 4 (Migne 111, p. 422) ‚*Prudentius de Mercurio sic ait*': in Symmach. I, 90 f. (Traditur — animas); 93 (Ast — neci); ‚*et post paululum adiecit*': ib. I, 96 ff.; de universo XV, 6: in Symmach. I, 365 ff. (sublustri —

Cum s. lucet calamos — coniux); de institut. clericorum III, 18 (Migne 107, 396) heisst es ‚*quia utique multi evangelici viri insignes libros hac arte condiderunt .. ut fuit .. Sedulius .. Clemens Paulinus*‘; Clemens ist hier gleichbedeutend mit Prudentius.

Walahfrid Strabo benutzt den Prudentius in seinen Gedichten häufig; (Poet. lat. aevi Car. II, 282) Carm. I, VIII, 14 spectacula in amphitheatro: cf. in Symmach. I, 385; I, XVI, 12 haec datur optio: Peristeph. II, 217; II, 38: Perist. III, 65; 58: Psych. 199; 132: Perist. XIII, 26; III, 498: Cathem. VIII, 4; 607: Psych. 108; 644: Psych. 42; 649: Psych. 90; IV, 35: Psych. 436; V, XXI, 20, 4: Perist. VI, 5 f.; XXIII, 243: Psych. 706 ff.; 256 f.: in Symmach. I, 30 f.; LIX, 2: Apoth. 20; LXXVI, 29: Cathem. XI, 63 f.; Appendix VI (Vita S. Galli) 89: Cathem. III, 2; 120: Psych. 516; 163: Praef. 3; 499 f.: (Alite de gallo qui nuntius esse diei | Creditur): Cathem. I, 1; 617: ib. III, 185; 1067: Cathem. X, 70; 1252: Cathem. VI, 149; 1791: in Symmach. II, 434.

Wandalbert von Prüm citirt den Prudentius Carm. (Poet. lat. aevi Car. II, 575) vs. 24 ‚*Prudentique, deum canendo vivis*‘. Dagegen zeigt sich keine Benutzung von Versen des Prudentius.

In den Gesta Apollonii vs. 1 (Poet. lat. aevi Car. II, 484) ist ‚*Auribus intentis*‘ aus Psych. 746 entlehnt.

Ermenrich von Ellwangen (ep. ad Grimoldum ed. Dümmler) führt p. 10 an ‚*item Prudentius: Aesaias Hieremias simul ecce prophetae*‘; dieser Vers stammt nicht aus einem uns überlieferten Gedichte des Prudentius. Dagegen ist p. 22 ‚*ut Hilarius: Est tria summa deus, trinum specimen, vigor unus*‘ Apoth. I praef. 1; derselbe Vers wird citirt p. 39, vs. 1.

Saec. X. In der Ecbasis captivi wird Prudentius sehr stark benutzt, cf. edit. Voigt. p. 27 f. 75 ff. Besonders gilt dies von vs. 593—598: Hamartig. 332 f. 354 f. 328 f.

Ruotger erzählt in der Vita Brunonis (ed. Pertz Hannov. 1841), p. 7, c. 4, dass Brun in der bischöflichen Schule zu Utrecht ‚*Prudentium poetam tradente magistro legere coepit*‘, und dass ihm dieser Dichter ausserordentlich gefallen habe. Ruotger selbst bringt p. 16, c. 16 die Worte ‚*tutorem opum vindicem scelerum largitorem honorum*‘ = in Symmach. II, 434: p. 24, c. 23 gehen die Worte ‚*si quid sanum sapiunt*‘ auf Perist. X, 247 zurück; cf. Lamberti annales p. 34. 54. 116. 160.

Heriger führt in den Gesta epp. Leodiensium (M. G. SS. VII, 167), c. 3 an: Peristeph. XII, 5 f.

In der Vita Mathildis antiq. (M. G. SS. X, 575 ff.) wird in c. 8 Psych. 478 benutzt.

Saec. XI. Walther von Speier benutzt in der Vita et Passio S. Christophori ed. Harster, p. 25, vs. 136 ‚*Ut reboant nobis deliramenta Platonis*‘: Apoth. 200.

Bei Thietmar chron. IV, 29 (M. G. SS. III, 781) scheinen die Worte ‚*Romuleasque pervenit ad arces*‘ auf in Symmach. II, 766 zurückzugehen.

Dass Amarcius den Prudentius sehr viel benutzt hat, habe ich in den Noten zu meiner Ausgabe (Lips. 1888) nachgewiesen; II, 383, p. 34 wird auf Apoth. 680 verwiesen ‚*Prudentius ipsam | Syloam esse putat*‘.

Saec. XII. Cosmas von Prag erwähnt im chron. Boem. III, 19 (M. G. SS. IX, 110) ‚*Prudentius refert in Psihomahia dicens: Nil differt armis contingat palma dolisve*‘: Psych. 550.

Gerhoh von Reichersperg führt in der Schrift ad colleg. Cardinal. (Pez thesaurus anecdot. VI, 1, 550) an ‚*ait quidam prudens versificator: Prima — fides*‘ = Psych. 21 f.

Bei Metellus Quirinalia Carm. II, 21 (Canisii lect. ant. ed. Basnage III, 2, 118) gehen die Worte ‚*Tempus annum millesimum rotabat*‘ jedenfalls auf Praef. 3 zurück.

In der lateinischen Prosa vom Herzog Ernst (Haupt's Zeitschrift für deutsches Alterthum VII, p. 201, 19) wird Psych. 285 (frangit — superbum) und 287 f. angeführt (disce — minaris).

Guibertus Gemblacensis citirt epist. 26 (Martene et Durand coll. ampl. I, 943) ‚*et secundum Prudentium: Virtus invalida est q. n. p. f.*‘ = Psych. 177.

Saec. XIII. In den Gesta abb. Horti S. Mariae c. 17 (M. G. SS. XXIII, 583) heisst es ‚*Boecio Prudentio Aurora Aratore . . . scolarium ingenia exercebat*‘ (scil. Frethericus).

Conrad von Mure erwähnt aus Prudentius nur Psych. 105 f. (nec tecta — occupet) p. 254 ed. Basileae.

Hugo von Trimberg kennt nach dem Registr. mult. auct. fast alle Werke des Prudentius; (ed. I. Huemer, p. 30 f.), vs. 449 ‚*Sequitur Prudentius hic psychomachie | Per quem pugnantes anime clarescunt agonie. | Composuit preterea librum Titulorum | Duosque contra Symmachum, librum et hymnorum, | Quos-*

dam cum grecis titulis de divinitate, | *Simul et hexaemeron de mundi vetustate* | *Et quedam de vetere novoque testamento* | ...
Sed in usu nobis sit liber psychomachie'; folgt Psych. praef. 1 f.
Psych. 1 f. 21 f. Da Huemer l. l., S. 7 den liber Titulorum richtig mit Dittochaeon erklärt, so können ‚*quedam de vetere novoque testamento*' natürlich nicht gleichfalls das Dittochaeon sein. Ungenannt scheint das Werk Peristephanon zu bleiben, da unter dem lib. Hymnorum wohl nur das Cathemerinon zu verstehen ist. Das Werk Hexaemeron de mundi vetustate (de mundi fabrica Gennadius), welches verloren ist, scheint Hugo auch nur dem Namen nach gekannt zu haben.

Saec. XIV. Johann von Victring (ed. Böhmer, Fontes rer. Germ. I, 306) citirt II, 2 ‚*Et sicut Prudentius ait*': Psych. 286. 290 (Magna — premuntur; Scandunt c. h. truduntur ad ima feroces); II, 6, p. 318 vidua est virtus quam non patientia firmat: Psych. 177.

Erwähnt werden könnte noch, dass der Bücherkatalog von Benedictbeuern (ca. 1250) Pez thesaurus anecdot. III, 3, 619 aufführt ‚*Prudentius ymnorum;* p. 621 *Prudentius Sicomachiae*'.

B. Frankreich.

Saec. IX. Ermoldus Nigellus erwähnt in hon. Hludow. I, 19 (Poetae lat. aevi Car. II, 5) den Prudentius ‚*Sedulius nec non Prudentius atque Iuvencus*'. Vielleicht benutzt er das Cathemerinon; III, 587 fluvius .. praelambit: cf. Cathem. V, 120.

Florus Lugdunensis benutzt in seinen Gedichten den Prudentius öfters; Carm. III, 15 (Poet. lat. aevi Carol. II, 519) praeco lucis: Cathem. I, 54; IV, 13 lunae solisque globum: Cathem. IX, 15; 132 scelerum vindex: in Symmach. II, 434; 175 sacrato chrismate tinctum: Cathem. V, 156; V, 185 lita tela veneno: Psych. 436; VII, 35 perplexa per avia: in Symmach. II, 903; VIII, 8, 1 f. dolosis inlita | Fucis: Cathem. II, 59; IX, 40: cf. Peristeph. III, 1; XI, 15 f.: cf. Cathem. III, 65; 33 Ebibe nunc nostrum quem quaeris Christe cruorem: Psych. 427; XII, 46: Peristeph. IV, 192 (Anthol. lat. R. 395, 4); XIII, 70: in Symmach. I praef. 2; XXXV, 4 Ambrosiusque liquor pectora nostra fovet: Peristeph. XIII, 12 f.; XXVIII, 81 concurrere in unum: in Symmach. II, 776.

Ratramnus Corbeiensis citirt de nativitate Christi (d'Achery spicileg. I, 60) ‚*Prudentius vir liberalium studiorum non ignarus in Apotheosi . . sic ait*‘: Apoth. 97 f. (His affecta est caro — praegnans | Enixa e. s. l. veteri s. l. m.).

In den Miracula S. Bertini c. 58 (M. G. SS. XV, 521) wird angeführt: Psych. 285.

Aeneas Parisiensis citirt in dem lib. advers. Graecos c. 90 (d'Achery spicileg. I, 131) ‚Prudentius in libro contra Marcionitas metro Heroico‘: Hamartig. 931 f. (O dee cunctipotens — unus); ib. item idem in libro hymnorum metro Iambico: Cathem. VI, 5—8; ib. item idem in libro hymnorum metro Choriambico quod Asclepiadeum nominatur: Cathem. V, 1—4. 157—164 (Per — quo invisibilis — nomine triplici — saeculis).

Saec. X. Abbo von Fleury citirt in den quaestt. grammaticae (Mai class. auct. V), p. 332: Peristeph. XI, 147 (recensetis) und p. 334: Psych. 165 (Fronte — funere anhelus).

Saec. XII. Hildebert führt in den Sermones (Migne 171, 869): Psych. 21 f. an (Prima — fides).

Eberhardus Bethuniensis sagt im Graecismus (ed. Wrobel) XXVI, 40 ‚*Censeo sed quartae voluit Prudentius esse Stirpe recensita*‘: Apoth. 1001. Im Laborintus (Leyser hist. poet. etc., p. 829) sagt er III, 61 ‚*Virtutem prudens Prudentius armat in hostem | Quo vitio victo gaudeat illa docet*‘.

In der Append. ad opp. Hugonis de S. Victore miscell. VII, 43 (Migne 177, 891) wird angeführt ‚*sicut ait Prudentius*‘: Apoth. 69 f. (tristes — edit).

In Marbodi Redonensis Carm. varia (Migne 171, 1726) ist 35, 1 = in Symmach. II, 434.

In Godefridi Fons philosophie ed. Charma (Caen 1868) sind die Worte 1, 2 ‚*fugabat tenebras nuncius diei*‘ mit Cathem. I, 1 zu vergleichen.

Saec. XIII. Wilhelmus Britto benutzt den Prudentius mehrfach; Philippis II, 399 (M. G. SS. XXVI, 329): Cathem. VII, 2; XI, 275 p. 373: Psych. 125 f.; XI, 658 p. 381: Psych. 691.

C. England.

Im Glossarium Osberni wird Prudentius sehr stark benutzt; (Mai class. auct. VIII) p. 135: Psych. 116 (conto ferit i. o.); 153 ‚*Prudentius*' (p. 223 et Prudentius in Psychomachia) ‚*et confraga densis | Arboribus dumeta tegunt*' = Lucan. VI, 126 f.; 194: Psych. 633 (avulsis — zonis); 195: Psych. 527 (sordent — emblemata); 201 ‚*exoticus peregrinus quod in Prudentio reperies*': Psych. 759; 242 (217) ‚*forassis, foris manens; Prudentius: quamquam forassem linguam tetigissem*': cf. Peristeph. X, 986 f.; 361: Cathem. VII, 156 (R. ipsum — murices); p. 531: ‚*Prudentius: irritatque virum telis ultroque lacessit*'; 553: Psych. 435 (r. medicantes v. s.); 559: Cathem. III, 180. VII, 81 (priscum stemma); 564: Psych. 459 (strophium — monile); 611 ‚*unde Prudentius: et volas plicas aduncis unguibus*'; 615: Cathem. V, 36; 249 ‚*Prudentius in libro contra haereses*': Hamartig. 403 (Ostenditque); 416 (452): Hamartig. 637 (quem); 418 ‚*Prudentius in libro contra haereses*': Apoth. 623 (Palantes — separat); 432: Hamartig. 761; 457: ib. 852 (Hinc); p. 6: Peristeph. X, 182; 8: X, 495 (N. quos p. distorquet et artesis); 25 ‚*Prudentius in libro hymnorum: Ipse ex omnibus ministrarches incedit*'. 33: Peristeph. V, 53; 35: ‚*ossibus altar est impositum*'; 46: Perist. X, 245; 57: Psych. 325 (Emicat amento); 64: Perist. X, 53; 76: Perist. I, 55 (praebenda est — publicam); 103: Psych. 2 (Quod p. v. cluis); 162: Perist. X, 305; ib. ‚*usum dux salutis dedidit*'; 167 (196) Perist. VI, 162; 191: ib. III, 122 ff. (Si modicum s. eminulis digitis tangere virgo velis); 205: Perist. VI, 77 f. (facessite — mortem); 207: ib. X, 481 (i. e. fidiculae s.); 212 ‚*spirant et folium fonte quod alidito*'; 215: Perist. X, 3 (L. c. mihi i.); 223: ib. X, 1076 (Qui c. sacrandus a. s.); 230: Cathem. VII, 74; 251: Perist. II, 129 f.; 254: ib. V, 391; 281: Cathem. V, 80 (Artis); 282: ib. III, 186 f. (vigor — moritur); 287 ‚*unde Prudentius in libro hymnorum*': in Symmach. I, 67; 290: Perist. I, 118 (Stare nunc hymnistae m.); 313: Perist. X, 498 (hypocrita); 317: ib. X, 460 (O. h.); V, 155 f. (membra — interficis); 335: ib. V, 345; 341: Cathem. VI, 141 f. 144; 354: ib. IX, 106; 358: Perist. II, 282 f. (mucculentis n. m. salutas invidum); 361: musci renident et virescit aurum; 375: Cathem. V, 97 (I. quoque castra cibus ninguidus); 387: Perist.

I, 86; 392 ‚*Ganymedum exoletum quod tyranno pertulit*‘: Perist.
X, 235; 393 ‚*Fotis medullis olivale poculum*‘: Cathem. VI, 15 f.;
394: Cathem. IV, 96; 398: Psych. 484 (oberrare); 420 ‚*oppeto,
mori, quod in Prudentio de hymnis saepe reperies*‘ (cf. Perist.
II, 329, X, 65); 425: Cathem. VI, 53 f. (coinquinatum cor v. i.);
459: Perist. XIV, 38 f. (publicitus i. in pl. fl. s. v.); 497 ‚*aurum
quod sitis effossa gignunt rudera*‘; 540 in libro hymnorum:
Psych. 435 (resono — sistro); 599: Perist. XIV, 8; 70: Psych.
praef. 31 (vestes); 71: ib. praef. 33; 124: ib. 184 (auget velut);
128: ib. 562 (Quod — est); 159 ‚*Prud. in Psych. cum regna simul
ditionibus aequo | Robore crescebant*‘; 191 ‚*Prud. in Psych. stri-
densque per extima calcis*‘; 207: ib. 633 (a vulsis — zonis); 209:
ib. 449 (flammeolum — monile); 219: ib. 484 (Centum e. s. —
multa); 227: ib. 369 f. (ubi — rigantur); 231: ib. 460 (gravidos
furtim — fiscos); 232: ib. 501; 268: ib. praef. 5 (Herile p. q. d.v.);
300: ib. 572; 377: ib. 453 (oculo); 414 ‚*Ipse salutiferas possesso
in corpore vires | Depugnare iubes*‘; 425: Psych. 273 (Corporis i.
— rotatur); 429 ‚*Importunus iners*‘; 455: Psych. 584 f. (impos —
Avaritia); 512: ib. 92 (Occide — pete); 580: ib. 125 f. (con-
sertoque a. t. I. toricam); 582: ib. 370 (veterique — rigantur).

Petrus Blesensis citirt (opp. ed. Giles) I, 82 (107. 177):
Psych. 177 (Nam vidua est virtus quam non patientia firmat);
IV, 325: Psych. 21 f.

In den Memorials etc. of Rich. I, ed. Stubbs II, 477
wird Psych. 177 citirt (Nam virtus vidua est quam non patientia firmat).

Im Chron. Iohannis de Oxenedes, ed. Ellis, p. 13 ist
in laud. Edgari vs. 1 = in Symmach. II, 434 (Auctor opum);
dieselben Verse finden sich bei Henricus Huntendunensis
hist. Angliae, ed. Arnold, p. 166.

Roger Baco führt im compend. stud. philos. (ed. Brewer),
p. 462 an: Psych. 860 (Sardonycem) und 862. — Man ersieht
aus der Seltenheit der Prudentius-Citate bei englischen Schrift-
stellern des Mittelalters, wie wenig man sich hier im Vergleiche
zu den classischen Dichtern mit der christlichen Poesie befasst
hat. Das antike Element überwiegt in England so sehr, dass
Iohannes Saresberiensis nicht einen einzigen Vers aus Prudentius
anführt,

D. Italien.

Der Mythographus Vaticanus II, 25 (Mai class. auct. III, 93) führt an: in Symmach. II, 365—367 (sublustri — coniux).

Im Panegyricus Berengarii I, 14 (ed. Dümmler) ‚Stirpe recensseta' wird Apoth. 1001 benutzt.

In Rolandini Patavini chronicon VI, 18 (M. G. SS. XIX, 96 wird citirt: Psych. 286.

In der Vita Clementis VI (Muratori SS. rer. Ital. III, 2, 554) heisst es ‚iuxta illud dictum vulgare: Non refert armis habeatur palma dolisve': Psych. 550.

Iosephus Bripius hat in den Laudes Alexii (ed. Fr. Haase, Bresl. 1861, p. 12), vs. 368 (venerabilis heros) vielleicht den Prudentius benutzt: Cathem. X, 70.

E. Florilegien.

Das Florileg. Gottingense, ed. E. Voigt, Romanische Forschungen III, 297 bietet als N. 159: Psych. 285 f. Der cod. Berol. Ms. Diez. B. Santen. 60 gibt fol. 24: Prudentius in prohemio de pugna virtutum et vitiorum, cf. Aululuria ed. Peiper, p. XV adn.

XI. Hymni Ambrosiani.

Bekanntlich werden dem Ambrosius bedeutend mehr Hymnen zugeschrieben, als sich mit Sicherheit auf ihn zurückführen lassen. Und im späteren Mittelalter wird fast jeder Hymnus als ambrosianisch bezeichnet. Ich gebe im Folgenden die Citate, die ich bisher aus echten und unechten Hymni Ambrosiani im Mittelalter gefunden habe.

Faustus führt in einem seiner Briefe (ed. Krusch. M. G. auct. antiq. VIII, 286, 10) an ‚Procede de thalamo tuo | Geminae gigas substantiae' = Hymn. IV, 13. 15, Migne 16, 1411.

Cassiodor citirt exposit. in psalm. 71, 6 (Migne 70, 509) ‚Hic Ambrosius ille .. dicens: Veni redemptor gentium | Ostende partum virginis | Miretur omne saeculum | Talis decet partus deum' = Hymn. IV, 1—4 (Migne 16, 1410).

Iulianus Toletanus citirt in der ars grammatica (ed. Rom. 1797), p. 53, c. 237 ‚Squalent arva soli pulvere multo' = Migne 17, 1175, Hymn. IV, 1; c. 238 ‚Almi prophetae progenies pia' = Migne 17, 1214, Hymn. LXX, 1.

Aldhelm (ed. Giles) citirt p. 276, 22 ‚*Ambrosius Mediolanensis pontifex hexametro deprompsit dicens: Dumque colorati rutilat plaga caerula mundi*‘. Ob der Vers wirklich dem Ambrosius angehört, dürfte zweifelhaft sein, da nichts Sicheres davon bekannt ist, dass Ambrosius im epischen oder elegischen Masse gedichtet habe.

Dass Baeda die Hymnen stark benutzt, habe ich Wiener Sitzungsber., Bd. CXII, S. 625 nachgewiesen.

Alcuin führt ein Gedicht ‚*de ternario numero*‘ von 14 Hexametern an, welches er dem Ambrosius beilegt; epist. 93 (Jaffé bibl. rer. Germ. VI, 388) ‚*sunt etiam versus b. Ambrosii episcopi de ternarii numeri excellentia nobilissimi: Omnia trina vigent sub maiestate tonantis — Tres spem quae palpant, requies lux gloria vitae*‘. Ausserdem citirt Alcuin ep. 252, p. 802 vier Verse aus einem Hymnus ‚*Ambrosius in hymno paschali: Et flamma famulum provocans — Non uris quod inluminas*‘; diese Verse konnte ich nicht auffinden.

Cruindmelus s. Fulcharius citirt in der ars metrica vier Stücke aus Hymnen; (ed. I. Huemer) p. 48, 5—10 = h. Ambros. Migne 17, 1175, IV, 1—6; 11—15 = ib. 37—40; 18 f. = p. 1174, III, 1 f.; 21—28 = ib. 33—40. Wie ein grosser Theil der Anführungen bei Cruindmelus, so sind auch diese Citate der ars metrica des Baeda entnommen; p. 48, 5—10 finden sich dieselben Abweichungen wie bei Baeda.

Honorius Augustodunensis führt de philosoph. mundi I, 22 (Migne 172, 55) an ‚*Unde scriptum est: Magnae deus potentiae*‘ etc. = Migne 17, 1190 XXXIV, 1—4.

Roger de Hoveden citirt in seiner Chronik (ed. Stubbs) IV, 162 f. 14 Verse aus dem Hymnus ‚*Iam lucis orto sidere*‘, nämlich ‚*Precemur ergo deum supplices: Ut in diurnis actibus — Faciat esse compotes (al. lectio)*‘ = Migne 17, 1188 XXIX.

Engelbertus Admuntensis citirt de gratiis et virtutibus b. Mariae IV, 2 (Pez thesaur. I, 1, 702) ‚*Unde ecclesia canit in hymno: Aurora (lucis) iam spargit polum | Terris dies illabitur — Phantasma noctis decidat*‘ = Migne 17, 1187 XXVIII, 1—5.

Stephanus Olomucensis führt in der epist. ad Hussitas (Pez thesaur. IV, 2, 622) an ‚*Et ideo b. Ambrosius cantat in hymno dicens: Christusque nobis sit cibus — Ebrietatem spiritus*‘ = Hymn. VI, 21—24 (Migne 16, 1411).

XII. Sidonius Apollinaris.

Handschriften des Sidonius werden in alten Bibliothekskatalogen nur selten genannt, und dann gewöhnlich nur die Briefe, während die Gedichte überhaupt kaum zum Vorschein kommen. Sidonius war nach Becker l. l., S. 324 bis zum Jahre 1200 vorhanden: saec. X in Lorsch (liber epistolarum Sidonii ad diversos), 1095 in Lindesfarne (Sidonius Sollius panigericus), saec. XII in Angoumois (scripta . . . Sidonii), in Durham (Sidonii tres), in Beccum (epistole Sidonii) und in Corbie (epistole Sidonii). Demgemäss finden sich in mittelalterlichen Schriften auch nur wenig Citate aus Sidonius; hier werden allerdings die Gedichte bevorzugt.

Dass Alcimus Avitus den Sidonius sehr stark benutzt hat, erwies Peiper im Index zu seiner Ausgabe des Avitus. Ein Stück aus Carm. XVII ist Titul. Gallican. lib. XXIV (= Martini Dumiensis Carm. III, Migne 72, 52).

Benutzung des Sidonius bei Corippus ist von Amann (de Corippo prior. poet. lat. imitatore I, p. 38) und von mir (Zeitschrift für die österreichischen Gymnasien 1886, S. 99) nachgewiesen. Daselbst S. 251 suchte ich zu erweisen, dass die Gedichte des Sidonius von Fortunatus benutzt worden sind.

Auch Ennodius plündert den Sidonius aus, wie Fr. Vogel in seiner Ausgabe p. 332 darlegte.

Eine Reihe Citate aus den Gedichten des Sidonius findet sich in der Schrift de dubiis nominibus; (Keil G. L. V) p. 576: Carm. XIX, 2 (ut solidet — cutem); 577, 4: Carm. XIII, 20 (et mihi ut vivam capite tolle tria); 6: Carm. XVIII, 3 (tolluntur culmina cono); 581, 28: ep. IX, 13 carm. vs. 33 (nive — orbis); 582, 7: Carm. XIX, 4 (Lumina vestra natant); 582, 24: nitidus Lucifer; 583, 12: Carm. II, 111 (Lilia — pruinis); 584, 30: negotium criminale parturit; 589, 15: Carm. II, 110 (hibernae rubuere rosae).

Vielleicht hat Aldhelm den Sidonius benützt, wie ich Wiener Sitzungsber., Bd. CXII, S. 574 nachzuweisen suchte. Zu de aris b. Mariae XIV, 6 ist Sidon. C. II, 89 zu vergleichen (duplicati culmen honoris).

Der Scholiast zum Panegyricus Berengarii (ed. Dümmler) II, 82 sagt „unde Sidonius Apollinaris ait: *Ut medium solio sese dedit advolat omnis | Terra simul tum queque suos promentia fructus | Exponunt. Fert Indus ebur, Caldeus amomum | Arma Calips, frumenta Libes, Campanus Hiachum'* = Sidon. Carm. V, 40—42. 46.

Eberhardus Bethuniensis erwähnt den Sidonius im Laborintus III, 91 (Leyser, hist. poet. etc., p. 830) *„Per tot personas duo testamenta figurat | Sidonius, iudex philosophia sedet'*. Falls dieser Sidonius der unsere ist, so muss dieses Werk *„duo testamenta'* später verloren gegangen sein. Freilich es ist zweifelhaft, ob Sid. Apollinaris unter jenem Sidonius verstanden werden muss. Denn an einer anderen Stelle bringt Eberhard gleichfalls den Sidonius vor; III, 47, p. 828 *„Sidonii regis qui pingit praelia, morem | Egregium, calamus Sidonianus habet'*. Vielleicht beziehen sich diese Angaben auf die Historia Apollonii Tyrii (Poet. lat. aevi Carol. II, 483), jedenfalls aber ist der Name Sidonius falsch angewendet. Vielleicht geht daraus hervor, dass Eberhard von Sidonius Apollinaris überhaupt nichts gewusst hat.

Ein grösseres Citat aus Sidonius bringt Abaelard; (opp. ed. Cousin) I, 143: Sidon. C. XXIV, 39—43 (Qualis — capillo); dieselben Verse werden angeführt II, p. 436.

Die zahlreichen Citate aus Sidonius im Glossarium Osberni (Mai class. auct. VIII), p. 639 erstrecken sich nur auf die Prosa und sind mithin hier auszuschliessen.

Wilhelm von Malmesbury citirt Gesta reg. Angl. c. 121 *„beati Martini, corpus ut Sidonius ait: totis venerabile terris | In quo post vitae tempora vivit honos'* = ep. IV, 18 carm. 1 f.

Ueber die Benutzung des Sidonius bei Johannes Saresberiensis hat Schaarschmidt, Joh. Saresberiensis nach Leben und Studien, S. 100, Anm. 7 und S. 138, Anm. 2 gehandelt. Derselbe (S. 138, Anm. 3) weist die Stelle bei Johannes (opp. ed. Giles) IV, 347 als auf den Syrier Apollinaris bezüglich nach. Citate aus den Gedichten finden sich bei Johannes nicht.

Radulfus de Diceto führt in den Ymagines historiarum (M. G. SS. XXVII, 268) an: Sidon. ep. VII, 17 carm. vs. 15—20.

Im Cod. Berol. ms. Diez. B. Santen. 60 finden sich Stücke aus Sidonius, cf. Aulularia ed. Peiper, p. XV adn. (Sydonius).

Ausgegeben am 19. Februar 1889.

SITZUNGSBERICHTE

DER

KAIS. AKADEMIE DER WISSENSCHAFTEN IN WIEN

PHILOSOPHISCH-HISTORISCHE CLASSE.

BAND CXXI.

VII.

BEITRÄGE ZUR GESCHICHTE

FRÜHCHRISTLICHER DICHTER

IM MITTELALTER.

II.

VON

M. MANITIUS.

WIEN, 1890.

IN COMMISSION BEI F. TEMPSKY

BUCHHÄNDLER DER KAIS. AKADEMIE DER WISSENSCHAFTEN.

Druck von Adolf Holzhausen,
k. und k. Hof- und Universitäts-Buchdrucker in Wien.

Ich hatte in den Wiener Sitzungsberichten, Bd. CXVII, Abh. XII über das Fortleben einer Reihe von frühen christlichen Dichtern im Mittelalter gehandelt. Um das einigermassen zu vervollständigen, was ich dort geboten, liefere ich hier unten Erweiterungen und Nachträge, wie sie sich bei fortgesetzter Durchsuchung der mittelalterlichen Literatur ergeben haben. Besonders sind hierzu die grossen Sammlungen der Acta Sanctorum und von Migne benutzt, ausserdem aber sind eine Anzahl französischer Schriftsteller untersucht und noch weitere Lücken in der Literatur, namentlich für die karolingische Zeit ausgefüllt worden. Sehr viel Material hat Vincenz von Beauvais geliefert, der vollständig durchgesehen worden ist. Doch ist hier die Ausbeute immer noch gering gegen die Unmasse von Anführungen, die sich bei Vincenz aus den classischen Dichtern finden. — Man erkennt übrigens sehr deutlich die Erfolge von Karls des Grossen humanistischen Bestrebungen. Vor der Zeit Karls ist ja die fränkische Literatur überaus dürftig und mager und kann sich mit der gleichzeitigen angelsächsischen oder westgotischen nicht messen. Sie gewinnt aber seit Karl sehr schnell an Inhalt und Form, und namentlich, worauf es uns hier besonders ankommt, mehren sich die gelehrten Citate aus der älteren Poesie. Die meisten karolingischen Autoren kennen und citieren fast alle bedeutenderen christlichen Dichter. Im Laufe der Zeit verschwinden die letzteren mit wenigen Ausnahmen immer mehr aus der

Literatur, an ihre Stelle treten zahlreiche Anführungen aus der altrömischen Poesie.

Ich gebe hier die christlichen Dichter in derselben Reihenfolge wie in der früheren Abhandlung.

I. Fortunatus.

Ueber die weitere Benutzung des Fortunatus im Chron. S. Petri Vivi, in der Vita S. Droctovei, bei Paschasius Ratbertus und in den Carmina Burana habe ich inzwischen im Rhein. Museum 44, 547 f. gehandelt. Zu den dort angegebenen Stellen kommt Folgendes hinzu:

Alcuin citiert in dem Werke officia per ferias zwei ganze Gedichte des Fortunatus, nämlich Carm. II, 2 und 1. (Migne 101, 562) ‚*In memoriam incarnationis passionis et resurrectionis sive ascensionis domini. Hymnus Fortunati de nativitate et cruce Christi.*‘ Es folgt Fort. Carm. II, 2 mit den Abweichungen: 2 da triumphum. 6 lignum. 15 pangit fascia. 23 flore fronde. 24 dulcem clavum. 27 mittenda stipite. 30 Quam sacer. agni stipite. Darauf folgt Carm. II, 1 (Eiusdem) mit den Lesarten: 2 lavit. 5 mundum clade. 12 die.

Dungalus Reclusus führt in dem Buche advers. Claudium Taurinensem (Migne 105, 480) einige grössere Stücke aus Fortunatus an ‚*unde Fortunatus ait*‘: Carm. II, 2, 1—9 (8 proditoris ars ut artem); ‚*idem in altero carmine*‘: Carm. II, 3, 1—10 (4 livore lavat. 6 ovis); ib. p. 485 ‚*item Fortunatus ad clericum Parisiacum*‘: Carm. II, 9, 1—4; ‚*idem de cultu ecclesiae de festis sanctorum colendis*‘: Carm. I, 6, 21 f; p. 525 ‚*Fortunatus . . . de basilica s. Gregorii enarrans ait*‘: Carm. II, 12, 5—8; ‚*idem de s. Mauricio et suis commilitonibus*‘: Carm. II, 14, 29 f.; ‚*idem de s. Medardo*‘: II, 16, 165 f.; ‚*idem in epitaphio Gregorii episcopi civitatis Lingonicae*‘: IV, 2, 11 f.; ‚*idem in epitaphio Caletrici Chartetici episcopi civitatis Carnotenae*‘: IV, 7, 25 f; ‚*idem de Gregorio episcopo Turonense*‘: V, 4, 1—6 (3 priorum).

Paschasius Ratbertus führt in der Vita S. Adalhardi (Acta SS. Jan. I, 106) XV, 56 an ‚*quo dictum est: Pauper in augusto regnat habendo deum*‘: Carm. VIII, 3, 296.

Haymo Halberstadensis führt homil. CXXV (Migne 118, 670) an ‚*quod Fortunatus breviter versiculo comprehendit dicens*‘: Carm. VIII, 3, 296.

Dudo von St. Quentin benutzt in seinem Werke de gest. Normann. ducum die metrische Vorrede zur Vita Martini; lib. II Epilog. 1 (Migne 141, 653) ‚*Nauta rudis pelago commissus vela profundo*‘: Vita Mart. praef. 1 (Nauta rudis tumido cum vult dare vela profundo); 6 ‚*Naufragus attonitus stupidus hebes anxius anceps*‘: ib. 23 (Attonitus trepidus hebetans vagus anxius anceps); 21 ‚*Haereo nunc tremulis temerarius arbiter undis*‘: 16, 21 (Afficitur tremulis temerarius arbiter undis).

Odorannus Mon. S. Petri Vivi Senon. führt in opusc. I (Migne 142, 804 = Mai Spicil. Romanum IX, 58) zwei Gedichte des Fortunatus an ‚*idem Fortunatus scribens ad illam luculenter versibus exsequitur: Inclyta progenies etc.*‘: Carm. VI, 6; ‚*idem epitaphium Theudechildis: Quamvis auratis etc.*‘: Carm. IV, 25. Leider ist der Wortlaut beider Gedichte in den Ausgaben nicht abgedruckt, so dass die Lesarten nicht angegeben werden können. Von Interesse ist jedoch noch das folgende Gedicht, welches dem Fortunatus beigelegt wird, sich aber in dessen Handschriften nicht mehr findet. Es heisst:

> *Hunc regina locum monachis construxit ab imo*
> *Teuchildis rebus nobilitando suis.*
> *Cuius nunc licet hoc corpus claudatur in antro*
> *Spiritus astrigero vivit in axe deo.*
> *Implorans rectis pastoribus euge beatum*
> *Det rapientibus hinc heu mala digna deus.*

Von diesem Gedichte stehen die ersten beiden Verse im Chron. S. Petri Vivi Senon. (d'Achery Spicileg. II, 470), wie ich schon Rhein. Mus. 44, 547 bemerkt habe. So weist also die Ueberlieferung des Gedichtes auf Sens.

Calixtus II. citiert in den Sermones de S. Jacobo grosse Stücke aus Fortunatus; Sermo III (Migne 163, 1398) ‚*b. Fortunatus versificator egregius Christi confessor et praesul cecinit dicens*‘; es folgt ein Gedicht von 28 Distichen, die fast sämmtlich aus Fortunatus stammen; 1 f.: Fort. Carm. I, 9, 1 f.; 3 f.: ib. IV, 8, 11 f.; 5: V, 8, 1 (6 ff. Laudibus in cuius militat omne decus. | Fons generis tutor patriae correptio plebis | Eloquii flumen, fons salis, unda loquax); 9 f.: IV, 6, 7. 6 (Hunc quod pro); 11—14: IV, 6, 9—12 (13 f. animo placidus; Offensus nescit); 15—18: IV, 1, 11—14 (18 Quod levitas); 19 f.: IV,

6, 13 f. (21—28 Vincula corporei dissolvere carceris optans | Plenius ut domino se sociaret homo. | Qui dat mundanis miracula plurima terris | Unde magis populis unicus exstat amor. | Ostendens verbis addens miracula factis | Ut quod sermo daret consequeretur opus. | Gentiles docet hic Judaeos increpat idem | Fructificansque deo seminat orbe fidem); 29—42: Carm. V, 2, 29—42 (31 arbos. 35 uva tremens. 36 non peritura latet. 40 quod fuit. 41 zizania); 43—56: V, 2, 45—58 (49 Nosti damna. 51 Vocem divinam spectans). Das Gedicht p. 1402 (De beati Jacobi nece gloriosa idem b. Fortunatus Pictaviensis antistes Christi confessor luculentis versibus elegiacis sic cecinit dicens) ist gleichfalls aus Stücken von Fortunatus zusammengesetzt; vs. 1 f.: Carm. II, 8, 17 f. (1 Jacobus ex terris. 2 mors premitur). 3—18: Carm. II, 7, 37—52 (3 sepulcra patris. 5 vita recumbis. 9 quo te pugnare. 11 tua te quoque. 13 tu lucida testis. 15 Florigerum. beate); 19 f.: IV, 4, 31 f. (Pro meritis Jacobum sic ad — tenet urna dei); 21 f.: IV, 2, 11 f. (miracula verum. Per quae).

Aus dem völligen Schweigen Conrads von Hirschau und verwandter Autoren über Fortunatus (dialogus super auctores ed. Schepss, Würzburg 1889) dürfte sich wiederum die geringe Verbreitung dieses Dichters in den Schulen während des späteren Mittelalters ergeben. Auch in anderen ähnlichen literaturgeschichtlichen Werken wird er nicht genannt, cf. Wiener Sitzungsberichte Bd. CXVII, XII, 6.

Wilhelmus Malmesburiensis erwähnt in der Schrift de antiquitate Glastoniensis monast. eine Weihinschrift des Königs Ina von Wessex (Migne 179, 1704). Von dieser Inschrift stammen die ersten 16 Verse aus Fortun. Carm. III, 7, 1—12. 17—20. Die Abweichungen von Leos Texte sind folgende: 2 geminae. 4 fulgurat. 6 Celsior ille gradu doctior hic monitis. 7 Per corda hunc. 8 stylo. 17 Anglia plaude. 18 F. a. Glastonicam irradiat. 20 propugnacula surgunt.

Thomas Cisterciensis gibt einige Citate aus dem Hymnus ‚Pange lingua‘; in cantica cantic. VIII (Migne 206) p. 576: Fort. Carm. II, 2, 1 f. (id. p. 580); p. 579: ib. II, 2, 7 f. (proditoris. ars ut artem); p. 580: ib. II, 2, 30 (id. XI, p. 732). 21; VI, p. 409: 21 (terra — mundus). 30 (Quos).

. Helinand führt im Sermo VII (Migne 212, 537) an ‚Unde Ambrosius in laudem crucis‘; Carm. II, 6, 21 f. 24 (Beata cuius bracchiis saecli pependit pretium | Praedamque tulit Tartari) und unter dem Namen des Mamertus Viennensis (cf. Teuffel R. L. G.⁴ § 468, 5): Carm. II, 2, 22—24 (Sanctissimus ille Mammertus episcopus Viennensis cum metrice canebat: Crux fidelis — sustinens). Jedenfalls ist Claudianus Mamertus gemeint, dem ja dieser Hymnus auch sonst beigelegt wird, und nicht Claudians Bruder, über dessen dichterische Thätigkeit gar nichts bekannt ist.

Sicardus Cremonensis citiert im Mitrale I, 12 (Migne 213, 55): Fort. C. II, 6, 1 f.

Vincentius Bellovacensis hat vielleicht nur das Gedicht VIII, 3 gekannt, da er sonst wohl mehr angeführt hätte. Speculum doctrinale V, 79 (ed. Duacensis 1624 tom. II, 448) „Fortunatus: Pauper in augusto regnat habendo deum‘: VIII, 3, 296. Das andere Citat (Speculum historiale XI, 94, tom. IV, 443) = Carm. IX, 14, 1 f. 11—18 (11 tibi) stammt aus Gregor. Turon. de gloria mart. c. 42.

III. Sedulius.

Citate aus Sedulius haben sich besonders reichlich noch bei den karolingischen Autoren ergeben, aber auch die Heiligenliteratur hat namentlich auf diesen Dichter Rücksicht genommen.

Dass Alcuin den Hymnus II unter seine Orationes in dem liturgischen Werke officia per ferias aufgenommen, hat schon Huemer (Sedulii opera p. 371) bemerkt. Es erscheint aber angebracht, die abweichenden Lesarten Alcuins vollständig zu verzeichnen: 8 quos. 13 pudici corporis. 16 verbo concepit. 28 creator. 43 quae non detulit. 44 obluendo. 46 secundum patrem. 50 aqua rubescunt. 67 fletu rigantis. 68 Clausit fluenta. Ausserdem citiert Alcuin in der Disputatio puerorum (Migne 101, 1117): Carm. Pasch. V, 191.

Smaragdus führt in den collectiones in epist. et evang. (Migne 102, 140) an: Carm. P. II, 63—68 (enixa — sequentem) in der Reihenfolge 63. 65 (Numen). 67. 64. 66. 68 (est); ib. p. 188 (Sedulius in Paschali carmine pulchre versibus dixit): V, 182—195.

Amalarius Trevirensis citiert in der epistola de caeremoniis baptismi (Migne 99, 890) „recepimus versus Sedulii‘: Carm. Pasch. I, 319 f.

Amalarius Metensis citiert de eccles. officiis I, 14 (Migne 105, 1031): Carm. Pasch. V, 190—194 (190 colligit. 194 creatis); in epist. I (Migne 105, 1033): I, 168 f. (iam — Jesum).

Christianus Druthmarus führt in der exposit. in Matth. (Migne 106, 1489) an ‚Sedulius pulchre comprehendit dicens‘: C. Pasch. V, 188—195; p. 1500: V, 322—325 (hoc — tumulum).

Angelomus Luxoviensis citiert im comment. in genesin c. 17 (Migne 115, 180) ‚quod Sedulius poeta in carmine Paschali ait‘: I, 107; in libr. Regum IV, 23 (Migne 115, 540) ‚et Sedulius . . . ostendit‘: I, 184—187 (184 fluminei); in cantica canticorum praef. (Migne 115, 562) ‚et rite iuxta poetam viam sermone levamus — pervenimus arcem‘: I, 334 ff.

Eulogius Toletanus citiert im Memor. SS. II (Migne 115, 769) ‚quidam poeta christicola‘: I, 304.

Haymo Halberstadensis citiert zwei Stellen aus Sedulius; homil. XIV (Migne 118, 101) ‚Sedulius in carmine alphabeti pulchre cecinit dicens‘: Hymn. II, 5—20 (9 clausa. 16 concepit); XV, p. 107 ‚pulchre Sedulius cecinit dicens‘: Carm. Pasch. I, 159.

Hincmar von Reims führt de una et non trina deitate IV (Migne 125, 530) an ‚iuxta poetam‘: Carm. Pasch. I, 325 (diversa loquantur); in causa Hincmari Laudunensis (Migne 126, 412) ‚egregius poeta dicit‘: I, 325 (quamvis. sequentes).

Der Verfasser der Vita S. Canionis citiert I, 7 (Acta Sanctorum Mai VI, 30) ‚quibus illud poeticum aptandum est‘: Carm. Pasch. I, 268 f. (Lignee — A mutis — petis).

In der Vita S. Carauni mart. heisst es im Prologe (Acta SS. Mai VI, 749): ‚Si gentilium poetarum rumorum inflata opinio schematum decore suo studuit figmenta pompare et nonnulla suis codicibus sophismata frivoli ovaminis ludo tradere et magistrante ritu litterarum prodente memoria in flagitiorum monumenta renovare‘: Carm. Pasch. I, 17—21.

Aehnlich leitet Ermanrich von Elwangen die Vita S. Soli ein; prol. (Mabillon acta SS. IV, 391). ‚In paganorum itaque multorum panegyricis dum multos scenico more viventes ita poeticis figmentis comperimus perlectis eorum actibus . . . cur nos qui Christiani sumus . . . taceamus gloriosum belligeratorum triumphum‘: Carm. Pasch. I, 17—26.

In der Vita S. Laurentii Sipontini II, 9 (Acta SS. Febr. II, 58) wird citiert: Carm. Pasch. III, 165.

Der Verfasser der Vita S. Gengulphi mart. führt II, 13 (Acta SS. Mai II, 648) an ‚*ut enim ait evangelicus poeta*‘: Carm. Pasch. IV, 164 f. (merito — mali).

In der Vita S. Ethelwoldi c. 40 vs. 1 bekunden die Worte ‚*sacro spiramine plenus*‘ Benutzung von Carm. Pasch. II, 176.

In der Vita S. Reguli I, 7 (Acta SS. Mart. III, 819) wird angeführt ‚*merito ut quidem metricanorius in suo pompavit poemate dicens*‘: I, 85 f. (subditur — tuis); I, 238 ff. (Nempe — opus).

Fridegodus benutzt in der Vita S. Wilfridi (Mabillon acta SS. III, 1, 161) vs. 26 ‚*verbi da Christe lucernam*‘: I, 80 f.; ib. p. 167 vs. 24 ‚*sicut apostata vilis*‘: V, 138.

In der Vita S. Dunstani VI, 36 (Acta SS. Mai IV, 358) heisst es ‚*hymnum hunc poetae Sedulii cursitando cantantes: Cantemus socii domino etc.* (Hymn. I, 1); *itemque perpendit easdem post versum et versum voce reciproca quasi in circumitionis suae concentu primum versiculum eiusdem hymniculi more humanarum virginum repsallere dicentes: Cantemus socii domino — personet ore pio*‘: Hymn. I, 1 f. — Osbernus erzählt in seiner Vita Dunstani Aehnliches; c. 40 (Mabillon acta SS. VII, 667) ‚*concinens illud viri sapientis ac senatoris Sedulii: Cantemus domino sociae — ore pio* (Hymn. I, 1 f.); *cumque ab aliis virginibus hoc fuit exceptum aliae qui sequuntur versus pronunciabant* (es folgen p. 668 vs. 3—8. 1 f.); *atque in hunc modum totius carminis bini ac bini versus procurrebant illis semper repetitis qui primi a matre domini dicebantur*‘ (1 f.).

Gislebertus Antissiodorensis citiert in der Vita S. Romani II, 16 (Acta SS. Mai IV, 157 = Mabillon acta SS. I, 83) ‚*ut enim ait evangelicus poeta*‘: Carm. Pasch. IV, 164 f. (merito — mali).

Der Verfasser der Vita S. Julianae benutzt III, 17 vs. 1 (Acta SS. Febr. II, 880) ‚*Tune cruente procax perverse nefande maligne*‘: Carm. Pasch. V, 59 f.

In der Vita Ettonis werden einige Verse aus Sedulius benutzt; II, 14 (Acta SS. Jul. III, 61) vs. 3 ‚*Muta tuis tacitas si fudit lingua loquelas*‘: Carm. Pasch. IV, 63; 5 ‚*Angelicis tremefacta minis quia fatur asella | Sessori per verba suo linguaque rudenti | Edidit — loquelas'*: Carm. Pasch. I, 160 ff.

In der Vita S. Gerlaci XVII, 41 (Acta SS. Jan. I, 312) wird citiert: Hymn. II, 51 f. (Quo iussa v. f.).

In der Vita S. Tillonis Paulli heisst es in der praef. (Acta SS. Jan. I, 376) *„Igitur cum gentiles poetae studeant sua figmenta prolixis pompare stylis et saeva nefandarum renovent contagia rerum ac plurima N. t. m. biblis ut eorum vana tantum discurrat gloria, quorum laudem veterum nectunt mendacia, cur nos Christiani salutifera taceamus miracula Christi cum possimus sermone vel tenui aedificationis historiam pandere plebi'*: I, 17—27.

Conrad von Hirschau erwähnt in seinem Dialogus super auctores (ed. G. Schepss, Würzburg 1889) p. 38 ff. den Sedulius; p. 39, 26 *„Attendamus ergo Sedulium in litteris evangelicis sedulum ... Qui ... ad communem utilitatem convertens calamum metrice resolvit evangelium'*; p. 40, 10 wird Carm. Pasch. I, 43 citiert; mit p. 38, 25 *„figmenta poetarum'* cf. I, 17; p. 40, 19 *„Scripsit etiam auctor iste ymnum in laude divina per alfabetum inchoans a nativitate domini et concludens in resurrectione et ascensione domini; scripsit et carmen exametris et reciprocis versibus incipiens ab exordio mundi et casu prothoplasti et perveniens usque ad adventum domini secundum'*. Es folgt dann die von Huemer Ztschr. f. d. österr. Gymn. 1876 p. 501 und De Sedulii poetae vita et scriptis commentatio p. 21 f. edierte Subscription, die sich in Seduliushandschriften findet und Angaben über die Lebensumstände des Dichters enthält.

In der Vita S. Alberti abb. Gambron. c. 2 (Mabillon acta SS. VI, 575) wird citiert *„cui etiam rei quidam metricanorus congruentem sententiam inferens ait'*: I, 121—125 (Loth — erit).

In den Excerpta ex veteribus liturg. codd. Fontavellanensibus (Migne 151, 972 f.) wird angeführt: Hymn. II, 17—20 (Enixa — senserat).

Rupert von Deutz führt de divinis officiis VI, 9 (Migne 170, 159) an *„quodque ait quidam'*: Carm. Pasch. V, 188 ff.

Im Fragmentum Vitae S. Barnardi Vienn. (Mabillon acta SS. VI, 575) deuten die Worte in vs. 6 *„meritis vivacibus'* auf Benutzung von Carm. Pasch. I, 103 hin.

In Anon. Vatic. hist. Sicula (Muratori SS. r. Ital. VIII, 754) ist vs. 11 = Carm. Pasch. II, 68 (N. primum s. potuit n.).

Der Verfasser der Vita S. Adalgisi citiert II, 12 (Acta SS. Jun. I, 226): I, 85 ff. (subditur — figuras).

Hermannus Tornacensis citiert de incarn. Christi 8 (Migne 180, 31): Carm. Pasch. II, 67 f. (est).

Guilelmus abbas S. Theodorici führt in dem Werke de sacramento altaris 8 (Migne 180, 355) an *Christianus poeta dicit Sedulius'*: Carm. Pasch. I, 70 ff.

Zacharias Chrysopolitanus citiert in unum ex quatuor praef. (Migne 186, 14) *„Sedulius'*: Carm. Pasch. I, 355—358 (355 Mattheus; 357 sacerdotis); lib. II p. 192 *Vere beata parens Christi, quae sicut quidam ait, est enixa puerpera regem. Qui coelum — habere sequentem'*: Carm. Pasch. II, 63—68 (64 terramque regit. 68 est); lib. IV p. 576 *„Sedulius in paschali carmine .. dixit'*: Carm. Pasch. V, 188—195 (190 colligit. 191 splendet Eous).

Gualterus de S. Victore citiert in den libri contra IV labyrinthos. excerpta libri III (Migne 199, 1155): Carm. Pasch. II, 68 (Primam nec — visa est — sequentem).

Thomas Cisterciensis bringt einige Citate aus Sedulius; in cantica cantic. praef. (Migne 206, 17): Carm. Pasch. I, 10 (non); p. 19: I, 83 f. (vellere — intrat) id. III p. 160; IV p. 241: II, 127 f. (Q. t. peccator c. t. s. | Q. dabit gemitus); VI p. 392: I, 56 f. (fonte — ademptis); VII p. 477: I, 273 f. (Nonnulli — rigant).

Alanus de Insulis citiert distinct. dict. theolog. s. v. biblus (Migne 210, 720): Carm. Pasch. I, 22 (Pluraque; tradam); s. v. cardo p. 732: Hymn. II, 1; s. v. supercilium p. 962: Carm. Pasch. I, 3.

Vincentius Bellovacensis führt den Sedulius öfters an; Spec. doctrin. II, 96 (ed. Duacensis 1624 tom. II, 143): Carm. Pasch. I, 212 (furuerunt); IV, 37 p. 321: II, 63—69 (terramque regit p. s. c. | Numen). I, 351 f.; IV, 40 p. 323: I, 116 ff. (O — dei); IV, 57 p. 333: I, 331 ff.; IV, 109 p. 362: Hymn. I, 80 f.; IV, 110 p. 362: Carm. Pasch. IV, 5—8 (N. i. recte ... Difficile c.). Hymn. I, 95 f. (in carmine de mediatore); V, 64 p. 431: I, 7 (At). 9; V, 89 p. 455: I, 3; V, 92 p. 456: V, 61. 66 ff.

Petrus Azarius führt in seinem chronicon c. 13 an (Muratori SS. r. Ital. XVI, 385): Carm. Pasch. I, 356.

IV. Augustinus.

Das Gedicht der Sibylle civ. Dei XVIII, 23 wird ganz erwähnt von Frechulphus Lexoviensis im chronicon tom. I lib. III, 12 (Migne 106, 980 f.) und von Vincentius Bellovacensis spec. historiale II, 100 (tom. IV, 79). Der Anfang wird citiert in den Carmina Burana (ed. Schmeller 1883) p. 81 N. CCII: ‚*Item cantet hos versus: Judicii signum tellus etc.*‘; die ersten drei Verse in dem Sermo (Bernardi Claraevall.?) de decem virginibus 6 (Migne 184, 1047) Judicii signo — terra dehiscens.

Aus dem Gedichte Augustins anthol. lat. 489 (Riese) werden vs. 1—3 citiert von Augustin selbst civ. Dei XV, 22; vs. 1 wird angeführt von Baeda de arte metrica (Keil G. L. VII) 245, 11.

Ferner citiert Johannes Saresberiensis (ed. Giles) V, 195 sechs Hexameter, die von Augustin stammen sollen ‚*Principium cui sola fuit divina voluntas — claret rationis habere*‘. Den Ort dieser Verse habe ich bisher noch nicht entdecken können.

VI. Dracontius.

Julianus Toletanus führt in seinem grammatischen Werke mehrfach Verse aus dem Hexaemeron des Dracontius (= Eugenius) an; (Hagen anecd. Helv.) p. CCXVI: Hex. 1; p. CCXXVII, 26: Hex. 241; 28: Hex. 217; CCXXXII, 10: Hex. 370; 12: Hex. 89.

VII. Prosper.

Hier kommen hauptsächlich Hincmar und Vincentius Bellovacensis in Betracht, da beide in sehr bedeutendem Umfange Anführungen aus Prosper machen, und zwar nicht nur aus den Epigrammen.

Hincmar von Reims citiert de praedestinatione c. 19 (Migne 125, 176) ‚*Et Prosper in libro Epigrammatum cap. 28 de duplici opere dei: Si omnes homines — et de retributione iustitiae*‘, es folgt Epigr. 20, 1—8; ‚*et item idem in eodem libro c. 16 de iustitia et gratia: duas retributiones iustitiae — bona pro bonis,*‘ es folgt Ep. 16, 1—3; beide Epigramme werden wiederholt im epil. c. II, p. 425; epil. c. III, p. 438 *,et Prosper in libro epigrammatum de intemporali opere dei: Ordo temporum — quae futura sunt'*, es folgt epigr. 57, 1—4; p. 446 *,Hinc et Prosper in libro epigrammatum: Potest homo invitus — perdit aeterna'*, es folgt epigr. 94, 1—8 (4 despolietur); — de una et non trina deitate p. 488: epigr. 65, 1 f. 105, 5 (Una — essentia); III p. 529 *,Prosper . . . in libro epigrammatum: Vera aeternitas — perfectum est'*, folgt ep. 3, 3 f.; *,et item: nulla differentia — deus non est'*, folgt ep. 55, 1—6. 65, 1 f. 105, 5 f.; pro ecclesiae libertatum defensione (Migne 125, 1055) *,de qua b. Prosper dicit'*: epigr. 41, 1 f. — Ausserdem citiert Hincmar eine ganze Reihe grösserer Stücke aus dem Gedichte *,De ingratis'*, von welchem ich weder in alten Bibliothekskatalogen, noch auch bei den übrigen Autoren des Mittelalters bisher eine sichere Spur entdeckt habe; de praedestinatione (Migne 125) p. 77 *,et item (scil. Prosper) in libro qui titulatur de Ingratis contra Pelagianos aliosque haereticos quorum ibidem nomina designantur'*, es folgt epigr. in obtrectat. Augustini II, 1 f. (Contra Augustinum — adussit edax) und De ingratis 226—244; p. 426 *,et item in libro de Ingratis contra Pelagianos'*: vs. 623—627 (omnibus — relictis); *,et item'*: vs. 681—683; p. 441 *,et item in libro de Ingratis contra Pelagianos'*: vs. 955—963; *,et paulo post'*: vs. 971—978 (Quod — rector); *et item in eodem'*: vs. 354—365 (354 inquit. 355 quo. 363 salvare deus).

Fulbertus Carnotensis führt in epist. 97 (Migne 141, 248) an *,in sacro poemate dictum est'*: epigr. 22, 3 (clarescunt).

In Helgaudi mon. Floriacensis epitoma vitae Roberti regis (Migne 141, 924) wird citiert *,in qua clarissimus versificator his versibus est delectatus'*: epigr. 79, 5—12 (6 fieri. 11 recte).

Gozechinus führt in seiner epist. ad Valcherum c. 19 (Migne 143, 896) an *,et Christiani theologi nostri muniris clypeo'*: epigr. 96, 1.

Einige Citate bringt Humbertus in seiner Schrift adversus Simoniacos; II, 17 (Migne 143, 1085) *,de cuius plenissima et sola plenitudine etiam egregius Prosper iuxta intellectum d. patris Augustini prius prosa deinde metro sic edisserit: Nil deus iubet — et quo servus indiget'*: epigr. 39, 1—8 (7 quidquid habere); III, 22 p. 1177 *,unde venerabilis Prosper prosa metro-*

que eximius ait de talibus': *Adulantium — Delectantur — laudator auditur'*: epigr. 88, 1—8 (3 aura salutis. 4 malesuadus. 5 correptoris); III, 30 p. 1191 *„Egregius Prosper secutus ait: sicut considerandum est quid et cui voveas — catholicam non est'*: epigr. 15, 7—10 (Norit qui reddit domino pia vota tonanti).

Bruno Carthus. instit. citiert expos. in psalm. 26 (Migne 152, 740) *„iuxta illud Prosperi'*: epigr. 15, 4—6 (4 exemplo) id. psalm. 140, p. 1377; in psalm. 118, p. 1288 *„Unde Prosper'*: ep. 19, 5 f.

Conrad von Hirschau kennt die Epigramme Prospers, wie sich aus seinem Dialogus super auctores (ed. Schepss 1889) ergibt, wo es p. 42 heisst *„Prosper ... librum suum de foribus ... Augustini ... ordinavit. Qui currens impari metro id est exametro et pentametro geminum scolaribus ... fructum contulit prosa vel metro ... Considerans autem rerum temporumque mutationes clausulam operi suo mundanis humanisque miseriis enarratis fecit sicque uxore vel rebus renuntiatis ...'* Zu dem letzten Satze bemerkt Schepss entschieden mit Recht, dass sich die Worte auf das Gedicht *„ad uxorem'* beziehen. Denn ein Theil desselben ist jedenfalls auf handschriftlicher Grundlage von Fabricius (Poetarum vett. ecclesiast. op. Christiana p. 661 f.) als Anhang zu den Epigrammen abgedruckt worden, und in gleicher Weise muss die Handschrift der Epigramme, die von Vincentius Bellovacensis benutzt worden ist, das ganze Gedicht *„ad uxorem'* oder einen Theil desselben am Schlusse der Epigramme geboten haben, da Vincenz Spec. hist. XX, 59 (tom. IV, 800) eine Anzahl von Versen dieses Gedichtes den Excerpten aus den Epigrammen anschliesst.

Ausserordentlich viel Verse führt Vincentius Bellovacensis aus den Epigrammen an. Speculum naturale XXXI, 106 (ed. Duacensis 1624, tom. I, 2377): ep. 109, 9 f.; specul. doctrinale IV, 7 (tom. II, 305): ep. 69, 1 f. 78, 11 f.; IV, 15, p. 310: 74, 5—8. 85, 1—4; IV, 17, p. 311: 20, 3 f.; IV, 24, p. 315: 46, 11 f. 50, 1 f.; IV, 32, p. 319: 20, 1 f. 54, 1 f. 56, 1 f. 82, 1. 10. 85, 1—4; IV, 35, p. 320: 84, 1—6; IV, 37, p. 321: 6, 1 f. 70, 8. 98, 1 f. 4. 108, 1 f. 5—8; IV, 45, p. 326: 29, 1 f.; IV, 73, p. 341: 52, 1 ff.; IV, 82, p. 346: 4, 1 f. 7. 12. 95, 15 f.; IV, 84, p. 347: 32, 1. 51, 1—4. 96, 1 f. 5 f.; IV, 88, p. 350: 87, 1 f. 5 ff.; IV, 100, p. 356: 51, 1—4. 76, 1 f.; IV, 106,

p. 359: 43, 3 f.; IV, 107, p. 360: 68, 1 f.; IV, 108, p. 361: 59, 1—4; IV, 109, p. 361: 87, 1 f.; IV, 110, p. 362: 70, 5 f.; IV, 111, p. 363: 68, 1 f. 81, 1 f.; IV, 116, p. 366: 21, 3 f.; IV, 122, p. 369: 48, 3 f.; IV, 124, p. 371: 33, 5 f.; IV, 132, p. 375: 1, 3 f.; IV, 147, p. 385: 60, 10. 77, 1 f. 5 f. 7 f.; IV, 152, p. 388: 63, 1; IV, 154, p. 389: 20, 3 f.; IV, 168, p. 397: 88, 1 f.; IV, 169, p. 397: 21, 1 f.; IV, 177, p. 402: 22, 3 f.; V, 17, p. 414: 42, 1 f. 47, 1—4. 7 f. 80, 5—8; V, 21, p. 416: 46, 4; V, 22, p. 417: 75, 3—10; V, 23, p. 417: 73, 7 f. 74, 5—8; V, 24, p. 418: 27, 3 f.; V, 25, p. 419: 110, 3 f. 6. 10. 11 f. 95, 11 f.; V, 26, p. 420: 18, 9 f.; V, 30, p. 422: 6, 3—6; V, 39, p. 426: 2, 1—4; V, 41, p. 428: 26, 1 f.; V, 52, p. 434: 6, 3—6; V, 53, p. 435: 24, 3 f.; V, 58, p. 538: 93, 5 f.; V, 62, p. 439: 81, 5—8; V, 63, p. 440: 61, 3 f.; V, 76, p. 447: 78, 1 f. 5—8. 11 f.; V, 87, p. 453: 29, 1; V, 112, p. 467: 109, 9 f.; V, 125, p. 474: 42, 1 f.; V, 130, p. 476: 14, 1—6. 17, 1—8. 81, 5—8. 110, 13—20. 23—26. 105, 1 f.; V, 131, p. 478: 81, 1—4; V, 134, p. 480: 37, 1—6. 69, 1 f. 70, 5 f. 102, 17 f. 105, 7—10. Die meisten der vorstehenden Citate werden dann im Speculum historiale nach der Reihenfolge der Epigramme wiederholt. Spec. hist. XX, 59 (tom. IV, 800): 1, 3 f. 2, 1—4. 3, 1 f. 7 f. 4, 1 f. 7 (castigans corda). 12. 6, 1—6. 14, 1—4. 17, 1—8. 18, 9 f. (Mens nullos poterit carnis c. m.). 19, 3 f. 20, 1 f. 21, 1—4. 22, 3 f. 24, 3 f. 26, 1 f. 27, 1—4; c. 60, p. 801: 29, 1. 32, 1. 33, 5 f. 37, 1—6. 42, 1 f. 43, 3 f. 46, 4. 11 f. 47, 1—4. 7 f. 48, 1 f. 50, 1 f. 51, 1—4. 52, 1—3 (Qui valet — Hic magni est animi). 53, 4—8. 54, 1 f. 56, 1 f. 60, 10; c. 61, p. 801: 59, 1—4. 61, 3 f. 63, 1 f. 64, 1—4. 68, 1 f. 69, 1 f. 70, 5 f. 8. 72, 1 f. 73, 7 f. 74, 5—8. 75, 3—10. 76, 1 f. 77, 1 f. 5—8. 78, 1 f. 5—8. 11 f. 80, 5—8. 81, 1—8. 82, 1 f. 84, 1—6. 85, 1—4. 87, 1 f. 5 f. 7 (In — deo). 88, 1 f. 89, 3—6. 93, 5 f. 95, 11 f. 15 f. 96, 1 f. 5 f. 110, 13—20. 23 ff. 28. 98, 1 f. 4. 100, 1 f. 102, 17 f. 105, 1 f. 108, 1 f. 5 f. 7 f. 109, 9 f. 110, 3 f. 6. 10. 11 ff. 105, 7—10. Ohne nun einen Unterschied mit den vorhergehenden Anführungen zu machen, bringt Vincenz dann eine Reihe Citate aus dem Gedichte ‚ad uxorem', es sind die Verse 79 f. 81 f. 87—98. 109—112. 99 f. 101 f. 113 f. Sonach scheint in Vincenz' Handschrift dieses Gedicht von den Epigrammen nicht geschieden gewesen zu sein.

VII*. Das Carmen de Providentia divina.

In der Zeitschr. f. d. österr. Gymn. 1888, S. 583 f. hatte ich nachgewiesen, dass dieses Gedicht von Sedulius benutzt worden ist. Die nahe Verwandtschaft einer Stelle mit dem Gedichte de ingratis zeigte ich Wiener Sitzungsberichte CXVII, XII, 21. Aehnlich verhält es sich mit Ausdrücken wie Provid. 881 *„putres abscindere fibras'* und Prosp. Epigr. 42, 9 *„Inque putres fibras'*, ein Gleichklang, den man nicht zufällig nennen kann. Auch hierdurch gewinnt die Autorschaft Prospers bezüglich jenes Gedichtes an Wahrscheinlichkeit. Wichtiger jedoch ist, dass sich bei einem Autor des 9. Jahrhunderts reichliche Citate aus dem Gedichte gefunden haben, und dass das Gedicht daselbst als von Prosper verfasst eingeführt wird. Denn wenn auch dieses Zeugniss nicht unbedingt beweiskräftig ist, so gewinnt es doch, zusammengehalten mit den übrigen von mir besprochenen Punkten, sehr an Stärke. Ich zögere nicht mehr, das Gedicht dem Prosper zuzuschreiben.

Hincmar von Reims bringt in dem Werke de praedestinatione jene Citate; (Migne 125) p. 441 *„Et (scil. Prosper) in libro de Providentia divina'*: Prov. 219—240 (221 f. Conderet hunc manibus substantia duplex); p. 445 *„et item (scil. Prosper) in libro de Providentia divina'*: Prov. 448—457 (Verum — unum); ib. *„et in libro contra Eutychen'*: Prov. 497—501 (Utque — potes); *„et in libro contra Nestorium'*: 550—557 (Jamne — rursum — Liber es et — legis); *„et in libro contra Mathematicos'*: Prov. 651—654; *„et paulo post'*: 659—663 (Non — voluntas — via); *„et in libro contra Epicureos'*: 777—794 (Quos — Plectisset — ubi non erit ulla | Spes veniae); *„et post aliquanta'*: 951—954 (somnoque). Aus der Citierungsweise Hincmars ergibt sich noch, dass das Gedicht in dessen Handschrift mit genauer Eintheilung und mit Capitelüberschriften versehen war.

IX. Boëtius.

Es scheint, dass Boëtius erst seit dem 10. Jahrhundert in allgemeinere Anerkennung gekommen ist. Denn während er von den späteren Autoren sehr stark ausgebeutet wird, finden sich Anführungen aus ihm in der karolingischen Zeit verhältnissmässig noch recht selten. Dass er allerdings schon damals für einen Christen gehalten wurde, ergibt sich aus Hincmar de cavendis vitiis (Migne 125) p. 886 ‚*quidam catholicus et sapientiae ac scientiae multae philosophus*‘, welche Worte auf Boëtius gehen. In der späteren Zeit nimmt er fast den Rang eines Kirchenvaters ein.

Frechulphus Lexoviensis führt an im chron. tom. I, lib. I, 10 (Migne 106, 925) ‚*quidam ex nostris suum ita composuit carmen quod huic nostro inserere opusc. libuit*‘: II metr. 5, 1—30 (13 secabant).

Hincmar von Reims citiert de cavendis vitiis (Migne 125, 886) ‚*quidam catholicus.... dicit*‘: III metr. 5, 5—10; in causa Hincmari Laudun. (Migne 126, 303) ‚*iuxta dictum sapientis*‘: III metr. 5, 1 f.

Fulbertus Carnotensis citiert im Tractatus in act. apost. (Migne 141, 284) ‚*alius autem qui scholis saecularium legitur ita posuit*‘: I metr. 7, 25—28.

Guibertus de Novigento citiert moral. in genes. III (Migne 156, 96): I metr. 7, 25 f. 28. 27; VIII p. 252 ‚*unde Boëtius*‘: III metr. 7, 1—6 (1 Habet hoc voluptas omnis); opusc. de virginitate c. 16, p. 603 ‚*nobilis auctor Boëtius cum de latrone pudoris voluptate ageret*‘: III metr. 7, 1 f.

Rupert von Deutz citiert in genes. V, 16, p. 381 (Migne 167) ‚*apud quemdam philosophia canit*‘: I metr. 7, 25—28. 29. 31; de sancto spiritu VI, 10, p. 1741 ‚*quidam sapiens .... ita dicens*‘: II metr. 6, vs. 1—13. 16 f.; III metr. 4, 1—4; in apocal. X, 17 (Migne 169, p. 1145): II metr. 6, 1—4. 16 (Heu gr. sortem etc.).

Bernardus Claraevallensis citiert Serm. 29 de diversis (Migne 183, 622): I metr. 1, 22.

Gerhoh von Reichersperg führt comment. in psalm. 21 (Migne 193, 1006) an ‚*unde Boëtius dicit*‘: IV metr. 7, 8—12; psalm. 127 (Migne 194, 863) ‚*cum dicit philosophia*‘: I metr. 7, 25—31 (29 Turbida mens est).

Isaac de Stella citiert Sermo XVII (Migne 194, 1747) ‚*de quibus alumnum philosophia consolans sic cecinit*‘: I metr. 7, 25—31; XXIII p. 1765 ‚*ut ait quis de illo philosophus*‘: III metr. 9, 7 f. (pulchrum — gerens).

Ueber Conrads von Hirschau Kenntniss des Boëtius cf. die Ausgabe des Dialogus super auctores von G. Schepss (Würzburg 1889) p. 57—61. Ein Citat aus den Gedichten findet sich dort allerdings nicht.

Hermannus Tornacensis citiert de incarnatione Christi (Migne 180, 12) ‚nobilis ille consul Boëtius cecinit dicens': III metr. 9, 1—8 (O qui — mente gerens).

Adamus Praemonstratensis führt im Sermo XXIX, 3 (Migne 198, 267) an: Boet. III metr. 7, 1—6 (hoc voluptas omnis. Apumque. premit icta); idem XLII, 2, p. 384; de ordine et habitu canonicorum Praemonstrat. IX, 5, p. 524: III metr. 6, 1—4. 13—18.

Petrus Comestor citiert hist. schol. genes. 11 (Migne 198, 1065): III metr. 9, 3 (stabilis — dat c. moveri).

Wolbero Coloniensis citiert in cantica canticorum III (Migne 195, 1224): I metr. 7, 25—28.

Philippus de Harveng führt im comment. in cantica VI, 7 (Migne 203, 451) an ‚prudens ille philosophus': I metr. 7, vs. 25—28; instit. cleric. VI, 31, p. 993: III metr. 7, 1—6 (Habet inquit hoc voluptas); VI, 83, p. 1114 wird I metr. 1, 13 in Prosa aufgelöst; ib. I metr. 1, 15 f.; VI, 84, p. 1115: I metr. 1, 20.

Im Planctus de expugnatione Hierosolymae (ed. Du Méril poés. pop. antér. au XIIe siècle p. 411) beruht vs. 1 ‚Heu voce flebili cogor enarrare' auf Benutzung von I metr. 1, 2.

Thomas Cisterciensis citiert sehr häufig Verse aus Boëtius; in cantica cantic. II (Migne 206) p. 151: III metr. 6, 7 – 9; p. 155: III metr. 9, 22 f. (da pater — mentis — boni); id. VII, p. 467; p. 194: III metr. 5, 1 f. (cupit). 5—10 (ultima longe; vincere curas); IV p. 212: III metr. 9, 25 f. (Dissice — mica); IV p. 245: IV metr. 1, 27—30 (libeat tibi); V p. 300: II metr. 5, 1—12 (Potumque), id. IX p. 625; V p. 345: III metr. 10, 4 ff. (Hic. Hic. Hic); VI p. 363: III metr. 9, 3 (stabilisque — dat moveri); VIII p. 607: III metr. 10, 1—6 (omissum pariter. — improbis catenis. hic. hic. hic); X p. 707: III metr. 9, 7 f. (pulchrum — s. imagine f.); XI p. 726: I metr. 1, 1—5 (flatibus acta); XI p. 794: III metr. 9, 23 f. 26 f. (requies aeterna); XII p. 795: III metr. 3, 1—6 (Ornetque. Arvaque. Non). III metr. 5, 1 f. 4—10; p. 798: III metr. 6, 1 f. 7—9 (nostra).

Guntherus Cisterciensis citiert de orat. ieiun. et eleemos. V (Migne 212, 143): III metr. 9, 2 f.

Helinandus führt an im Sermo II (Migne 212, 488): I metr. 5, 25 f. 28 f. (Nam — vices); Sermo 28, p. 717: III metr. 1, 1—3.

Petrus Cantor citiert im Verbum abbreviatum c. 82 (Migne 205, 251): II metr. 5, 1—12; c. 83, p. 252: II metr. 5, 27—30; c. 114, p. 301: I metr. 1, 22 (ipse gradu).

Garnerius Lingonensis gibt folgende Anführungen: Sermo V (Migne 205, 602): III metr. 9, 3 (stabilisque — moveri); id. Sermo 40, p. 825; XII p. 655: III metr. 9, 10 (Qui numeris e. ligas).

Alanus de Insulis macht häufig Anführungen aus Boëtius; contra haereticos I, 7 (Migne 210, 314): III metr. 9, 1 f. (O — sator); distinct. dict. theolog. s. v. bruchus p. 723: I metr. 7, 25—28; s. v. carmen p. 732: I metr. I, 1 f.; s. v. casus p. 734: I metr. 1, 22; s. v. gradus p. 805: I metr. 1, 22 (stabilis. gradus); s. v. ligare p. 837: III metr. 9, 10 (Qui numeris e. ligas); s. v. mens p. 856: III metr. 9, 7 f. (pulchrum — gerens); s. v. movere p. 865: III metr. 9, 3 (stabilisque moveri); s. v. mundus p. 866: III metr. 9, 7 f. (pulchrum — gerens).

In dem anonymen Tractate de diversis ordinibus ecclesiae (Migne 213, 810) wird citiert *unde quidam facundissimus noster philosophus laudem primorum hominum carmine mirifico decantans ait'*: II metr. 5, 1—15 (Nec Bacchica munera norat). 27—30.

Der Verfasser der Vita B. Juettae Reclusae citiert fast das ganze Gedicht II, 5; Vita IX, 26 (Acta SS. Jan. II, 150) *„Audi de hoc insignem illum poetam philosophumque Boëtium'*: II metr. 5, vs. 27—30; *„et paulo post'*: ib. vs. 23—26. *„ideoque'*: ib. vs. 1—12.

Eine Menge Citate bringt Vincentius Bellovacensis. Speculum naturale III, 23 (ed. Duacensis 1624) *„unde Boëtius'*: III metr. 9, 2 f. (tempora ab aevo); XXXI, 107, (t. I, p. 2358): I metr. 1, 13 f. (Ingerit). — Speculum doctrinale IV, 85 (tom. II, 348): I metr. I, 22; IV, 108, p. 361: I metr. 7, 1—4. 20—25. 27—31; IV, 109, p. 361: III metr. 12, 47 f.; V, 15, p. 412 *„Boëtius lib. 4'*: I metr. 5, 28—32 (Quantarum rerum l. v. F. v. p. i. Debita sc. n. p. — calcant). 34 f. (latet — tenebris);

dieselben Verse werden citiert V, 120, p. 471; V, 62, p. 439: I metr. 7, 1—4. 20—31; V, 65, p. 441: V metr. 5, vs. 13 ff. (erigisque frontem; pessimi; sidat; celsius levato); V, 117, p. 470: I metr. 1, vs. 13 f.; V, 118, p. 470: II metr. 7, vs. 12 ff. — Speculum historiale XXI, 16 (tom. IV, 823): I metr. 1, 13 f. 21 f. metr. 5, 28—35 (Nam tenebris). metr. 7, 1—4. 20—31 (omiss. 26); c. 18: II metr. 7, 11 ff. metr. 5, 1—12. 23—30. III metr. 12, 47 f. metr. 9, 1—3. 7 f. (pulchrum — gerens). 10 (Tu — ligas); c. 20: V metr. 5, 13—15. Specul. histor. I, 6 (tom. IV, 6): III metr. 9, 3 (stabilisque — moveri).

In den Acta B. Christinae Stumbelensis III, 5, 48 (Acta SS. Jun. IV, 338) wird citiert „secundum illud Boëtii: Mundum mente gerens similique imagine formans‘: III metr. 9, 8.

Riccardus Dunelmensis führt im Philobiblion (ed. Oxoniensis 1599) p. 2 an „luteat in obscuris condita virtus clara ut verbis alludamus Boëtii‘: I metr. 4, 35.

X. Prudentius.

Prudentius ist nächst Sedulius der am meisten gekannte unter den christlichen Dichtern, wie sich aus den öfters sehr zahlreichen Anführungen ergibt. Und doch geht aus den Zusammenstellungen bei Conrad von Mure, Hugo von Trimberg, Conrad von Hirschau und Eberhard von Béthune deutlich hervor, dass in der Schule nur die Psychomachia gelesen worden ist.

Alcuin citiert in dem liturgischen Werke officia per ferias (Migne 101, 544) das lange Gebet aus Hamart. 931—966 mit der Ueberschrift „Oratio metrica Aurelii Prudentii Clementis‘. Die Abweichungen bei Alcuin sind folgende: 942 Os sibi. 947 minacem. 953 Disparibus secreta. 954 castra virorum. 965 tempora iuncta. 966 Glorificet.

Agobardus Lugdunensis führt im Liber adversus Amalarium c. 2 (Migne 104, 340) an „Prudentius vir doctus inquit‘: Cathem. VII, 161—165 (pubes. succum).

Theodulfus Aurelianensis citiert im Liber de ordine baptismi c. 12 (Migne 105, 231) „Sed et Clemens Prudentius.... pompam posuit in psychomachia dicens‘: Psych. 439 f. (Pompa — peplo); de spiritu sancto (Migne 105, 276) „Prudentius in libro contra Marcionitas metro heroico‘: Hamart. 931 f.; „item in *libro hymnorum metro iambico'*: Cath. VI, 5—8; *„item idem in libro hymnorum metro choriambico quod asclepiadeum nominatur'*: Cath. V, 1—4 (4 Lumen). 157—164 (163 nomine). Ueber Benutzung des Prudentius in Theodulfs Gedichten cf. Beiträge I S. 30.

Dungalus Reclusus citiert im Liber adversus Claudium Taurinensem (Migne 105, 484) *„Item Prudentius in libro qui praetitulatur Apotheosis'*: Apoth. 443—448; *„idem ad Valerianum episcopum de passione sancti Hippolyti'*: Perist. XI, 189 f. (Pubes); p. 485 *„de sanctis colendis Prudentius in passione Apostolorum'*: Perist. XII, 55 f.; *„idem de civi. col.'*: Perist. III, 1—5; p. 486 *„de festis sanctorum colendis Prudentius de natali sancti martyris Hippolyti commemorans ait'*: Perist. XI, 231 f.; p. 492 *„Unde Prudentius in libro qui Psychomachia titulatur figurate loquens ait'*: Psych. 344—350. 403—416 (415 excusat); p. 519 *„Item Aurelius Prudentius Clemens vir consularis ... ait in praefatione libri* καθημερινῶν'*: Praef. 34—45 (38 vocet. 44 vinclis utinam); *„idem in hymno sanctorum martyrum Emitherii et Chelidonii Calagurritanorum'*: Perist. I, 1—21 (3 notis et idem. 14 hic. 20 supplicium); *„idem in eodem'*: ib. 34 ff.; *„idem in eodem'*: ib. 106—117 (114 reddit); p. 521 *„idem de sancti Laurentii passione verbis orantis ait'*: Perist. II, 453—472 (456 Julica caecitas. 463 primam); *„idem in eodem'*: ib. 529—548 (532 ossium. 540 trans in Pyrenas); *„idem in eiusdem fine passionis'*: ib. 561—584 (574 audi et poetam); p. 522 *„item in fine hymni sanctae Eulaliae'*: Perist. III, 201—215 (212 altare et); *„idem in passione Sancti Vincentii martyris'*: Perist. V, 505—516 (508 viam sepulcri); *„idem in eadem passione'*: ib. 545—568; p. 523 *„idem de hymno sanctorum XVIII martyrum Caesaraugustanorum'*: Perist. IV, 1—48 (19 Ascisclum); *„idem post pauca'*: ib. 93—96; p. 524 *„idem in fine eiusdem passionis'*: ib. 193—200; *„idem in fine passionis sanctae Agnetis'*: Perist. XIV, 124—133 (129 cum vel ipsum); *„idem in hymno beatorum martyrum Fructuosi episcopi Tarraconensis et Augurii atque Eulogi diaconorum'*: Perist. VI, 130—147 (139 cernentur. 146 foventur); *„idem in passione sancti Cassiani Forocorneliensis'*: Perist. IX, 3—11; *„idem post pauca'*: ib. 17—20; p. 525 *„id. in fine'*: ib. 93—96. 99—106.

Lupus Ferrariensis citiert epist. 20 (Migne 119, 467) *„Tamen Aurelius Prudentius qui apud plerosque vehementissime celebratur, id nomen sic posuit'*: Ham. 2 (Divisor — dei).

Aeneas Parisiensis führt im Liber adversus Graecos c. 90 ff. einige Stellen an; (Migne 121) p. 720 *„Prudentius in libro contra Marcionitas metro heroico'*: Ham. 931 f. (cunctipotens); *„item idem in libro hymnorum metro iambico'*: Cathem. VI, 5—8; *„item idem in libro hymnorum metro choriambico quod asclepiadeum nominatur'*: Cath. V, 1—4. 157—164.

Hincmar von Reims citiert de una et non trina deitate III (Migne 125, 528) *„Prudentius scribit'*: Cath. V, 157. 161 ff. Vorher führt Hincmar eine Stelle aus Gotheschalcus Orbacensis an *„dicta est... a Prudentio trina pietas'*: Cath. III, 20.

Hrotsvith benutzt in der Passio S. Gangolfi praef. 1 (Migne 137, 1083) *„O pie lucisator mundi rerumque parator'*: Cath. III, 1; ib. 6 *„rerum trinam ex nihilo machinam'*: Cath. IX, 14.

Dudo von St. Quentin benutzt in der metrischen praef. zu dem Werke de gestis Normann. ducum vs. 1 (Migne 141, 619) *„O trinum specimen tria summa deus vigor unus'* (so statt virgo deus unus): Apoth. I, praef. 1 (Est tria summa deus trinum specimen vigor unus).

Humbertus citiert in dem Werke adversus Simoniacos III, 24 (Migne 143, 1179) *„Egregius Prudentius Marcionitas duos deos bonum scilicet ac malum sibi confingentes confutans ait'*: Hamart. 85.

Petrus Damiani verräth opusc. XIX, 3 (Migne 145, 427) Kenntniss des Prudentius *„Cui scilicet assertioni etiam Prudentius nobilis versificator in hymnorum suorum opusculis attestatur'*.

Odorannus Mon. S. Petri Vivi Senon. citiert in opusc. IV (Mai spicil. Rom. IX. Migne 142, p. 808) ein grosses Stück aus der Apotheosis *„Occurrit dubitans hic dissertator et illud — Numen non liceat plenum sibi semper et in se'*: 782—951. Da die Verse in den Ausgaben nicht abgedruckt sind, so muss ich leider auf die Angabe der Lesarten hier verzichten.

Johannes Cottonius führt in seiner Schrift de musica (Migne 150, 1396) an *„ut Prudentius in Psychomachia'*: Psych. 33 f. (animamque — artant).

Rupert von Deutz citiert in numer. I, 3 (Migne 167, 840) *„Hinc egregius atque orthodoxus versificator ait'*: Psych. 845—849 (846 Accendat. 847 boreae); de sancto spiritu VI, 10, p. 1743 *„quidam fidelis et in fide laudabilis metrice canens ita dixit'*: Perist. XII, 17—20 (20 Deficit). 5 f. 21—24; VI, 17,

p. 1750 ‚*de talium fide quidam ita cecinit*': Psych. 21—27;
VI, 18, p. 1751 ‚*dictum est ante nos*': Perist. II, 1—8 (4 Ritus
triumphas). 13—18; comment. in apocal. XII, 21 (Migne 169,
1197) ‚*unde quidam Christianae scholae versificator insignis ita
dicit*': Psych. 845—849 (wie oben); XI, 20, p. 1436 ‚*Apud
Maronem iocatur quispiam gloriabundus et dicit*': Psych. 550;
de divinis offic. IV, 12 (Migne 170, 101) ‚*Dicit enim Prudentius*':
Perist. II, 2 ff. 465 ff.; V, 28, p. 149 ‚*Prudentius quoque in hymno
suo qui cantatur in Sabbato sancto cum dixisset: Lumina —
quaerere . . . protinus adiunxit*': Cath. V, 7—12; VI, 3, p. 156
‚*sicut ait quidam*': Apoth. 69 f. (tristes — edit).

Gerhoh von Reichersperg citiert comment. in psalm.
pars VI prol. (Migne 193, 1609) ‚*ut insignis ac divinus poeta
dicit*': Psych. 21; in psalm. 64 (Migne 194, 17): Psych. 22 f.
(agresti — lacertos). 25 ff. (Pugnans nec — belli).

Conrad von Hirschau handelt in seinem Dialogus super
auctores p. 49 ff. (ed. G. Schepss, Würzburg 1889) auch über
Prudentius. Aus eigener Anschauung scheint er nur die Psychomachia zu kennen; denn seine literarhistorischen Notizen sind
fast ganz aus Gennadius c. 13 entnommen. Es heisst p. 49, 16
‚*Adiecit et istum quem habemus in manibus psichomachiam*'.
Wenigstens ergibt sich aus den Betrachtungen über Prudentius
die Kenntniss keines anderen Werkes des Dichters, und es
wird nur ein Vers aus der Psychomachia angeführt p. 49, 24
‚*auctor ostendit dicens*': Psych. 35.

In den Carmina Burana (ed. Schmeller 1883) p. 83,
N. CCII, 13, 8 erinnert ‚*virgo puerpera*' an Cath. IX, 19.

Petrus Cantor citiert im Verbum abbreviatum c. 10
(Migne 205, 46): Psych. 285 (frangit — superbum); c. 92,
p. 266: Psych. 21 f. (Prima — fides).

Thomas Cisterciensis führt im Sermo VIII (Migne
206, 596) an: Psych. 285 (frangit — superbum).

Martinus Legionensis führt Sermo VII (Migne 208, 567)
an ‚*Prudentius quoque de Mercurio sic ait*': Sym. I, 90 f. (Tr.
hinc exst. assumpto — animas). 93 (Ast — neci). 96 ff. (tenues
magico excitare).

Sicardus Cremonensis citiert im Mitrale IV, 6 (Migne
213, 170): Psych. 21; VI, 7, p. 268 ‚*unde Prudentius in persona
martyris*': Perist. II, 465 ff. (Romam relinque).

Helinandus citiert im Sermo XV, p. 602 (Migne 212): Psych. 286 (Alta). 285 (frangit — superbum); XXVI p. 799: Psych. 21 f. (Prima — fides); chronicon ib. p. 973: Cath. V, 125 f.

Vincentius Bellovacensis gibt im Speculum naturale und doctrinale nur Anführungen aus der Psychomachia, während sich im Speculum morale überhaupt kein Citat aus Prudentius findet. Spec. naturale XXXI, 105 (ed. Duacensis 1624, tom. I, 2376) ‚*Prudentius de conflictu vitiorum ac virtutum*‘: Psych. 902—907 (fervent bella — recusat); Spec. doctrinale IV, 38 (tom. II, 322): Psych. 276 f. (oraque); IV, 45, p. 326: ib. 769 f. 772 ff. (N. placidum est s. p. d. nec). 778—782 (meritorum — aemula facti — dolet cuncta — gestit); IV, 59, p. 334: Psych. 21 f. (vultu). 27; IV, 80, p. 345: 109 f. 112 (laeta). 128 f. 174. 177 (Nam vidua est virtus q. n. p. f.); IV, 120, p. 368: 609—612 (postulat. trahat ultra); IV, 129, p. 374 (= IV, 168, p. 397): 791 f. (latitat lupus — molli); IV, 134, p. 376: 113 f. (ira — felle). 116 (I. morae est); IV, 145, p. 383: 454 ff. (Fertur — manu). 458 ff. (nec — lucrum est — fiscos). 474 ff. 478 (suos sitis improba). 494 ff. (non est — gehennae). 520—523 (Sola quidem — miscent — nostrum est); IV, 175, p. 400: 285 ff. 290 (Scandunt celsa humiles traduntur ad ima feroces); IV, 177, p. 402: 702 ff. (pallor — audacia — tremit — albet); V, 62, p. 440: 899—902 (O — C. i. luctum post gaudia tetro | Gessisse stomacho); V, 84, p. 452: 629 f. (metus — placidae — inficiatrix). 762 f. (Conspirat); V, 108: 902—907 (fervent b. h. f. — sordes et carnis vincla recusat). Speculum historiale XVII, 102 (tom. IV, 690) ‚*Prudentii ... paucos flores metricos de conflictu vitiorum et virtutum hic placuit inserere*‘: Psych. 21 f. (vultu). 27. 109 f. 112 ff. 116 (I. m.). 128 f. (Inde — nimbos). 276 f. 285 ff. 290 (Scandunt c. h. truduntur a. i. f.). 454 ff. (Fertur — manu). 458 ff. (nec — lucrum). 493 (Omne — genus). 494 f. (non est — vitium). 609—612 (supra. postulat). 702 ff. (pallor — tremit — albet). 629 f. (placitae). 762 f. 770. 772 (nec). 778 (meritorum cl. p. e.). 779—782 (Non inflata — laesa tumet cuncta — gestit). 769. 791 f. (latitat lupus — molli). 899 f. (O — deo). — Die einzige Stelle, die nicht der Psychomachia entnommen ist, gibt Vincenz im Spec. hist. XXV, 62, p. 1023 ‚*Prudentius in hymno consensit dicens*‘: Cath. V, 125—128 (Paenarum sub Styge).

Antonius Astensis benutzt in seinem Carmen de fortuna II, 1 (Muratori SS. rer. Ital. XIV, 1011) ‚*Christe graves hominum tantum miserate labores*‘: Psych. 1.

XI. Hymni Ambrosiani.

Alcuin citiert in dem liturgischen Werke officia per ferias (Migne 101, 556 f.) einen Hymnus ‚*Hymnus sancti Ambrosii pro infirmis*‘: Christe caelestis medicina patris — Spiritus alme deus unus omni | Tempore saecli (40 Verse).

Paschasius Ratbertus führt expos. in psal. 44 lib. II (Migne 120, 1035) an ‚*unde beatus Ambrosius in quodam hymno: Egressus eius — sedem dei*‘: Migne 16, 1411 Hymn. IV, 17—20; de partu virg. I (Migne 120, 1377 ‚*hinc quoque alibi ipse ait: Fit — clausa*‘: Migne 16, 1412 Hymn. XII, 1—4.

Eine Menge Anführungen aus Hymnen bietet Hincmar von Reims; de una et non trina deitate (Migne 125, 474) ‚*hymni cuius auctor penitus ignoratur in quo dicitur: Te trina deitas unaque poscimus*‘; derselbe Hymnus wird von Gothescalcus bei Hincmar 16, p. 478 citiert ‚*dicimus: Te trina deitas unaque poscimus — Per cuncta sibi saecula* (4 Verse); Hincm. ib. c. 1, p. 486: ‚*Et sanctus Ambrosius in hymno catholico dicit: Tu trinitatis — qui regis*‘: Migne 17, 1177 Hymn. VII, 1 f., idem p. 499. 574; p. 499 ‚*et in alio hymno: O lux beata — unitas*‘: Migne 16, 1412 Hymn. XI, 1 f. idem p. 523; mit Fortsetzung ‚*iam sol — cordibus*‘ (vs. 3f.) p. 578; XIII, p. 574: Migne 17, 1177 Hymn. VI, 1—4 (Summae deus — personaliter); XVII, p. 589: Migne 17, 1184 Hymn. XXI, 1 f. idem p. 591; mit Fortsetzung ‚*dignare — pectori*‘ (vs. 3 f.) p. 592 (= XVIII, 611); XVII, p. 591: Migne 16, 1412 Hymn. IX, 1—4 (Somno — deposcimus). 17, 1176 Hymn. V, 1f. (Christe — detegis). 16, 1411 Hymn. VII, 29—32 (Aurora — provehat — pater). 16, 1412 Hymn. X, 1—4 (Consors — postulantibus). 16, 1411 Hymn. VII, 21—24 (Christusque — spiritus). ‚*Christe virtutum domine — Consorsque sancti spiritus*‘ (4 Verse). 16, 1411 Hymn. VII, 1—12 (Splendor — lubricam); idem 1—4: XVIII, p. 611. ‚*Perennes laudes dicimus — Salvi erimus iugiter*‘ (8 Verse). 16, 1409 Hymn. II, 29—32 (idem XVIII, p. 611); XVIII, p. 611: Migne 16, 1412 Hym. IX, 17—20 (Praesta pater — saeculum). Migne 17, 1196 Hymn. XLIV, 9—12 (Deo patri — perpetuum).

Migne 17, 1198 Hymn. LIII, 25—28 (Laus honor virtus gloria — In sempiterna saecula). Migne 17, 1192 Hymn. XXXVI, 33—36 (Gloria tibi — sempiterna saecula).

In den Excerpta ex veteribus liturg. codd. Fontavellanensibus (Migne 151, 878 ff.) werden einige Hymnen ganz aufgeführt; p. 951 f.: Migne 16, 1410 Hymn. IV, 1—28 (1 Deus redemptor. 22 attingere. 26 f. Lumenque nos spirat novum | Quod nulla nos interpolet); p. 969 f.: Migne 17, 1218 Hymn. LXXVII 1—48 (3 pariterque hymnum. 7 f. redeunt colenda | Tempore festa. 26 f. niveique coeli | Portaque vitae patriam petentes. 34 f. famulos videre | Qui tui summos celebrant amore. 37 cruciant. 41 Hic dies in quo. 45 ff. resonemus patri | Gloriam nato pariterque sancto | Spiritui. 48 Esse per aevum).

Radulphus Ardens citiert homil. in epist. et evang. I, 60 (Migne 155, 1885): Migne 16, 1409 Hymn. I, 1—4 (Aeterne — alleves fastidium).

In dem Tractate (Bernardi Claraevallensis?) de modo bene vivendi c. 12 (Migne 184, 1222) wird angeführt „sicut scriptum est": Migne 17, 1221 Hymn. LXXX, 5—12 (Qui — personant).

Gerhoh von Reichersperg gibt einige Citate aus den Hymnen; comment. in psalm. 21 (Migne 193, 1022): Migne 16, 1411 Hymn. VII, 1—8 (3 f. Lux lucis et fons luminis | Dies dierum illuminans). id. psalm. 148 (Migne 194, 986); psalm. 39, p. 1437: Migne 17, 1204 Hymn. LX, 41—44; psalm. 59, p. 1762: Migne 17, 1184 Hymn. XXI, 7 f.; psalm. 139 (Migne 194, 929): Migne 17, 1185 Hymn. XXII, 5—8.

Martinus Legionensis citiert Sermo IV (Migne 208, 385) „cui valde admirans nimiumque congratulans quidam sapiens ait": Migne 17, 1192 Hymn. XXXVII, 5—12 (Quae te vicit — residens); vs. 5—8 wird ausserdem citiert Sermo XI, p. 696.

Petrus Pictaviensis citiert Sentent. I, 6 (Migne 211, 805): Migne 17, 1184 Hymn. XXI, 1 f. (Nunc — unus patri cum filio); id. p. 807.

Walter Mapes citiert in dem Buche de nugis curialium (ed. Wright) I, 24, p. 39 „Iam lucis orto sidere | Deum precemur supplices": Migne 17, 1188 Hymn. XXIX, 1 f.

Helinandus führt in Sermo I (Migne 212, 484) an „Iam lucis orto sidere": Migne 17, 1188 Hymn. XXIX, 1; ib. Migne

17, 1185 Hymn. XXII, 3 f. (Splendore — meridiem); Sermo XV, p. 597 ‚iuxta illud Ambrosii: Nunc provocatis — Scandere': Migne XVII, 1192 Hymn. XXXVI, 29—32; Sermo XXV, p. 688: Migne 16, 1411 Hymn. VIII, 21—24 (Devota — principem).

Viel Citate aus den Hymnen bringt Thomas Cisterciensis; in cantica canticorum I (Migne 206, 83) ‚de secundo Ambrosius': Migne 16, 1411 Hymn. VII, 5—8 (Verusque — sensibus); II, p. 105: Migne 16, 1411 Hymn. IV, 26—28 (Lumenque — luceat); II, p. 142: Migne 17, 1192 Hymn. XXXVI, 13—16 (Est — clauserat); II, 155 ‚inde de Stephano: Ille parato vertice | Gaudens suscepit lapides': Migne 17, 1209 Hymn. LXIII, 29 f. (alia lectio, cf. adn.); VI, p. 407: Migne 17, 1192 Hymn. XXXVII, 5 f. (Quae te — Ut feras nostra crimina); VII, p. 483: Fabricius poet. vet. eccles. op. Christiana p. 799 in die pentecostes vs. 1—4 (Veni creator spiritus | Mentes tuorum visita | Imple superna gratia | Quae tu creasti pectora); VII, p. 500: Migne 16, 1410 Hymn. IV, 11 f. (Vexilla — deus); VIII, p. 580: Migne 17, 1192 Hymn. XXXVI, 7 f. (patris — gloriam); IX, p. 649: Migne 16, 1411 Hymn. VII, 29—32 (Aurora — provehat — pater); X, p. 710: Migne 17, 1192 Hymn. XXXVI, 7 f. (patris praesentans — gloriam); XI, p. 757: Migne 16, p. 1411 Hymn. VIII, 5—8 (Ecclesiarum — lumina).

Die Verse des Ambrosius über die Dreizahl, die wir schon früher bei Alcuin (Beiträge I, S. 38) fanden, kehren bei Hincmar von Reims wieder; de una et non trina deitate XI (Migne 125, 564) ‚Sunt etiam plures versus beati Ambrosii de ternarii numeri excellentia: Omnia trina vigent sub maiestate tonantis | Tres pater et verbum sanctus quoque spiritus unum.' Das ganze aus 14 Versen bestehende Gedicht citiert Hincmar ib. p. 821 in ferculum Salomonis ‚ut beatus cantat Ambrosius'.

XII. Sidonius Apollinaris.

Stephanus Tornacensis führt in epist. 19 (Bouquet recueil des historiens etc. XIX, 293) an ‚saepe retracto illud distichum Sollii Sidonii': epist. VII, 17 vs. 21 f. (Angulus — forent).

XIII. Incertus auctor de Salvatore (Damasus?).

Helinandus citiert im Sermo XXII (Migne 212, 666 f.) unter der Einführung ‚sicut et gentilis poeta Christianis versibus *laudem eius pulchre prosecutus est dicens'* acht Verse aus dem Gedichte, welches sich in Claudianhandschriften findet und von Jeep. opp. Claud. II, 200 unter dem Namen De Salvatore (Carmen paschale) herausgegeben worden ist (cf. Ge. Fabricius poet. vet. eccles. op. Christ. p. 774; Claudiani quae exstant ed. Gesner, p. 706; Damasi opp. ed. Sarazanius, p. 82; Aldhelmi opp. ed. Giles, p. 99). Die Einführung der Verse erinnert sehr an die Worte, mit welchen Augustin civ. Dei V, 26 die verkürzten Verse Claudians in III cons. Hon. 96—98 eingeleitet hat. Es ist daher leicht möglich, dass Helinand das Gedicht dem Claudian beilegt. Von Interesse ist ausserdem die Ueberlieferung der Verse. Sie weicht nämlich nur ganz wenig von derjenigen ab, die sich in dem oben angegebenen Aldhelmianum vorfindet, besitzt also die Einschiebung des Verses *„Pars fuit humani generis latuitque sub uno'* zwischen vs. 11 und 12. Das Citat begreift die Verse 8—15 (Aldhelm), die Abweichungen vom Texte bei Aldhelm sind folgende: 8 f. Intactaque mater | Arcana. 11 mundi reparator. 14 terrae spatiis. 15 Non capitur. Ueber die vielfachen Abweichungen dieser Ueberlieferung bei Aldhelm von dem gewöhnlichen Texte habe ich Wiener Sitzungsberichte, Bd. CXII, S. 546 Anm. gehandelt.

XIV. Ennodius.

Die Zahl der alten Handschriften des Ennodius ist nicht bedeutend (cf. Ennodii opp. ed. Hartel, p. I ff.), und auch in alten Bibliothekskatalogen findet sich dieser Autor nur spärlich vertreten. Nach Becker (Catalogi bibl. antiqui p. 310) war Ennodius vorhanden saec. X in Bobbio (librum Ennodii episcopi unum in quo et alia continentur opuscula); in Lorsch (liber Ennodii epistularum multarum in uno codice; 38, 36 liber Ennodii poetae); saec. XII in Corbie (Ennodii liber) und in Beccum (in alio Ennodius). In Corbie besass man ausserdem noch ein mit dem Hexaemeron des Basilius zusammengebundenes Exemplar: 136, 243 Ennodius. exameron Basilii.

Dieser verhältnissmässigen Seltenheit des Autors entspricht nun auch das höchst seltene Vorkommen von Citaten aus ihm. Vogel hat in seiner Ausgabe (Mon. Germ. hist. auct. antiq. VII, 333) die ihm bekannten Anführungen aus Ennodius zusammengestellt. Ausserdem wies ich Zeitschr. für die österr.

Gymn. 1886, S. 408 nach, dass Fortunatus Bekanntschaft mit den Gedichten des Ennodius zeigt.

Hierzu kommt noch eine nicht geringe Anzahl von Citaten, welche Vincentius Bellovacensis aus der Poesie und Prosa des Ennodius gibt. Der Zusammengehörigkeit halber behandle ich hier beides vereint, und ich gebe die Stellen aus Ennodius nach der Ausgabe von Hartel.

Speculum naturale XXX, 106 (ed. Dnacensis 1624, tom. I, 2377) ‚Ennodius‘: Carm. II, 1, 6. Speculum doctrinale IV, 15 (tom. II, 310): Carm. II, 16, 3; IV, 42, p. 325: Carm. I, 6, p. 520, 1 f. (Amica — revertendi — hilaritas); IV, 54, p. 332: Epist. VI, 20, p. 160, 19 ff. (Superni beneficii vix dinoscitur qualitas dum tenetur; postquam migraverint cupita dulcescunt); IV, 59, p. 334 (= IV, 159, p. 392): Carm. I, 6, 12; IV, 97, p. 354: Carm. I, 16, 3. 6, 12; II, 23, 2. 34, 2; IV, 129, p. 374: Carm. I, 6, p. 521, 4 ff. (male — livoris obloquendi fomitem — quaerit); IV, 159, p. 390: Carm. II, 26, 3—6 (Heres tibi misero); IV, 162, p. 393 ‚Ennodius de molli concubino Neronis‘: Carm. II, 52, 1. 3. 55, 1 f. (Femina cum patitur ELV; aus den Einführungsworten geht hervor, dass die Handschrift des Vincentius für Carm. 52 eine ausführlichere Ueberschrift besass, als unsere Handschriften); IV, 163, p. 394: Opusc. misc. VI, p. 403 Verecundia vs. 1 f. (Tingite); IV, 166, p. 396: Carm. II, 23, 2; V, 22, p. 417: Carm. II, 34, 4; V, 24, p. 418: Dictio XIII, p. 465, 12 (nisi vires aestimes dum aggredieris sarcinam subiacebis); V, 46, p. 430: Dict. XI, p. 459, 14 ff. (artium mater est instantia, noverca — negligentia); V, 57, p. 436: Dictio I, p. 423, 13 f. (Superflua scribere restat iactantiae, necessaria — contemptui); V, 112, p. 467: Carm. II, 1, 6.

XV. Eugenius Toletanus.

Ueber Benutzung der Gedichte des Eugenius von Toledo durch Spätere habe ich gehandelt Wiener Sitzungsberichte, CXII, 633 f. und Rhein. Mus. 44, 550. Wichtig ist ausserdem die Hinübernahme eines ganzen Gedichtes.

Alcuin citiert nämlich in dem liturgischen Werke officia per ferias (Migne 101, 579) die Oratio Eugenii Toletani episcopi vs. 1—22 (Migne 87, 579; Carm. I Oratio ad deum). Lesarten bei Alcuin finden sich folgende: 2 Quod miser imploro tu

Christe perfice clemens. 5 humilis verax. 11 iurgia lites. 12 Invidiae luxus. Nach Becker 1. 1. p. 60 befand sich 882 zu Oviedo eine Handschrift (26, 28) „*lb. ex diversis opusculis b. Eugenii*".

XVI. Paulinus Petricordiae.

Becker (catal. biblioth. antiqui p. 320) hat völlig übersehen, dass man saec. X zu Lorsch auch den Paulinus Petricordiae besessen hat; er legt im Index die betreffenden Nummern dem Paulinus Nolanus bei. Die Stelle heisst (37, 452 f.): Metrum Paulini episcopi Petricordiae de vita s. Martini libri VI. Eiusdem versus quam plurimi id est LXX. Zweifelhaft ist, ob unter den letzteren das kleinere Gedicht des Paulinus zu verstehen ist.

XVII. Aldhelm.[1]

Handschriften von Aldhelms Werken sind nicht selten und auch in alten Bibliothekskatalogen werden sie schon häufig

---

[1] Es mögen hier einige Nachträge zu meinem Aufsatze „Zu Aldhelm und Baeda" Platz finden (Wiener Sitzungsberichte CXII, 535—634). Zu p. 544 habe ich für das Citat aus Aldhelm p. 218, 3 als weitere Belegstelle anzuführen Isid. or. I, 39, 11 „*Siquidem et Job Moysi temporibus adaequatus hexametro versu dactylo spondeoque decurrit*", cf. VI, 2, 14 und Hieron. praef. in Job; der Vers „*Lanigerae pecudes*" etc. ist Lucret. II, 662. Zu p. 561: Die Verse des „*Paedagogus*" finden sich auch im Cod. Ambros. C. 74, fol. 139ᵛ. Zu p. 562: mit heptast. 15, 1 ist Ov. Met. I, 79 (mundi melioris origo) zu vergleichen. Zu p. 567 adn. 2: die Verse p. 283, 7 sub „*Lucanus de Orpheo*" werden wahrscheinlich von Aldhelm allein citiert und gehören wohl einem späten Dichter an, cf. Arnobius adv. gentes V, 26 (p. 197 ed. Reifferscheid), wo acht Verse eines „*Threicius vates*" angeführt werden. Zu p. 570: octo princ. vit. 457: Juvenc. III, 409 sidera supra. Zu p. 571: Laud. virg. 1884 f. cf. Auson. Carm. III, 3, 27 Quis digne domino praeconia continuabit (Peiper); aenig. pentast. 8, 4: anthol. lat. 776, 4 Ferrea sed nulli vincere fata datur, cf. Prud. in Sym. II, 463 ferrea fata. Zu p. 606: Zu den Tractaten über die Thierstimmen kommen ausser Loewe gloss. nom. p. 248 und Studemund anecd. var. I, 101 f., 248 f. noch hinzu die Zusammenstellungen bei Eberhardus Bethuniensis, graecismus ed. Wrobel XIX, 32—41, und Vincentius Bellovacensis spec. natur. XXII, 6 (ed. Duacensis t. II, 1609) aus Papias. Die Voces anim. bei Loewe l. l. aus cod. Casin. 439 s. XI sind der Sammlung bei Aldhelm sehr nahe verwandt. Zu p. 610: Die Worte Julians von Toledo „*theatra plaudunt, prata mugiunt*" finden sich

genannt. Nach Becker l. l. p. 304 hatte man saec. VIII den Aldhelm zu York (3, 1546 Quidquid et Althelmus docuit); 822 zu Reichenau (6, 352 ff.): De opusculis Aldhelmi. metrum de laude virginum. de pedum regulis. item de pedum regulis et metrum de aenigmatibus; (ib. 407 = 33, 98) metrum Aldhelmi de laude virginum lib. I; 831 zu S. Riquier (11, 187 Althelmus); saec. IX in S. Gallen (22, 204) et Althelmi de laude virginum lib. I; (391 ff.) Althelmi de metris et enigmatibus ac pedum regulis vol. I. Item Althelmi de laude virginum vol. I. Item Althelmi de enigmatibus; 882 in Oviedo (26, 32) Adelhelmi episcopi lb. I; 903 in Passau (28, 37) Enigmata Simphosii et Althelmi et Joseppi; saec. X in Lorsch (37, 281 = 38, 25) et metrum Althelmi. (417 = 38, 73) et Althelmi de regula metrorum. (419 = 38, 75) et metrum Althelmi de virginitate sanctorum; saec. XI in Chartres (59, 48) Adelelmus de virginitate; saec. XII. in S. Bertin (77, 34—37) Adelmi liber de laude virginitatis. Adelmi liber metrice cum Prosperos bis. Adelmi liber de metrica arte; in Rebais (132, 83) unus Adelmi de virginitate; in Anchin (121, 72) liber enigmatum Aldelmi, 1200 in Corbie (136, 170) enigmata Althelmi episcopi et Symphosii scolastici. Hierzu kommt Delisle cabin. des mss. II, 55 *Anonymi de virtutibus et vitiis* . . . . *Aldehelmi carmen de virginitate'*, und wahrscheinlich Corbie (Becker 136, 170) *,de virginitate laudanda in sanctis veteris et novi testamenti'.*

Dass Baeda den Aldhelm mehrfach verwendet und benutzt hat, wies ich nach Wiener Sitzungsberichte CXII, 615. 624.

Die sehr starke Benutzung Aldhelms durch die karolingischen Dichter ist in den Noten zu den Poetae latini aevi Carolini I—III, I nachgewiesen worden; cf. ausserdem Neues Archiv etc. IX, 616 und Wochenschrift für klass. Philologie

---

schon bei Isidor or. I, 37, 8. Zu p. 618: de arte metr. 232, 18 = Lucan. VIII, 88. Vita Willibrordi II, 1 (Ille deo plenus) = Lucan. IX, 564. Zu p. 623: Mirac. S. Cuthb. I, 38 (Munera da linguae) = Arat. act. apost. I, 227; Arat. II, 701 wird auch citiert in der glossa cod. Bern. 83 fol. 17ᵇ marg. dextr. *,unde Arator: Hei — ruinis'.* — In der Vita S. Willibaldi prol. (Mabillon Acta SS. IV, 333) heisst es *,Ista omnia per albas camporum planities sulcato tramite nigra perarata vestigia scripta'.* Hier ist Aldhelm. aen. octost. 3, 3 f. benutzt.

1887, Sp. 1007 f. Besonders interessant ist hierbei, dass die Gedichte Aldhelms auch nach Spanien gedrungen sind. Denn wie es 882 eine Aldhelmhandschrift in Oviedo gab, so zeigt sich auch bei Paulus Albarus Benutzung des Gedichtes de laude virginum.

In den Quaestiones grammaticae cod. Bern. 83 bei Hagen anecd. Helv. 186, 3 wird angeführt: ‚*ut ait Althelmus: Ne fur strophosus*‛: de laude virg. praef. 17.

Im Glossarium Osberni (ed. Mai class. auct. VIII) wird Aldhelm an zwei Stellen angeführt; p. 26 ‚*et haec anclia, ae i. rota hauritoria.... quod in libro Aldhelmi.... invenies*‛; p. 302 ‚*unde b. Aldhelmus.... buccis, inquit, ambronibus et labris lurconibus*‛. Beide Citate sind der Prosa entnommen.

Wilhelmus Malmesberiensis benutzt gesta reg. Angl. 354 (ed. Hardy II, 546): Aldh. p. 28, 23—29, 16.

XVIII. Columbanus.

Eine Handschrift von Columban's Gedichten gab es saec. X in Lorsch (Becker l. l. 37, 465) metrum Columbani; denn die vorhergehenden Worte ‚*de fabrica mundi*‛ gehören natürlich zu ‚*Dracontii*‛. Vielleicht besass man auch zu Prüfening saec. XII die poetischen Briefe Columbans (95, 19): Regula Columbani abbatis et epistola eius. Die Commentarien über die Psalmen hatte man saec. IX in S. Gallen (22, 229): ‚*Expositio sancti Columbani super omnes psalmos vol. I*‛ und saec. X in Bobbio (32, 216 f.) ‚*libros sancti Columbani in psalmos II*‛. Ueber Columbans Gedichte in Bezug auf ihren Gehalt an früherer Poesie habe ich gehandelt Beiträge etc. I, S. 16 und Rhein. Mus. 44, 552.